「決まってるわ。
こうするのよ」

——……ぺちん!!
乾いた音が響いた。
ディアナが魔王の頬を
ひっぱたいた音だった。

ララ
エリィ（ディアナ）

アラガン
リグネ
セナ
CHARACTERS
Mao-jo no Nisemono-hime

「おーっほほほほほほほほほ！」
「「「──!?」」」
ちらりと空を見上げれば、
夜空の闇よりもさらに
濃い暗黒竜が浮かんでいる。
その威容に一切の翳りなく、
天空を支配する超常種──。
「《古き牙》……
魔王リグネ・ディル・
ヴォザーク!!」
「何やら面白いことを
やっていますのね、皆さま？」

Mao-jo no Nisemono-hime

[著] 山夜みい
[イラスト] カロクチトセ

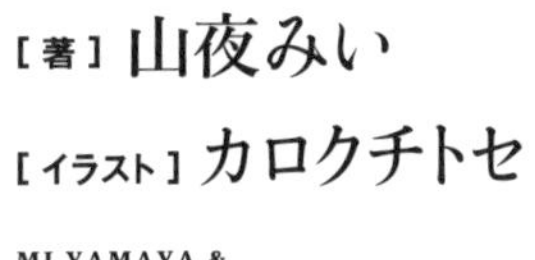

MI YAMAYA &
CHITOSE KAROKU
PRESENTS

MI YAMAYA &
CHITOSE KAROKU
PRESENTS

CONTENTS

口絵・本文イラスト／カロクチトセ
デザイン／AFTERGLOW

序章　ニセモノ姫の真実

「この罪人の処遇は好きにするがいい。残虐にして冷酷なる悪女よ」

　豪華な食卓につく異形の男がいた。

　男は頭に二本の角が生えた長身で、着流し姿である。

　椅子の上で機嫌よさそうに尻尾を揺らしながら、彼は隣で跪き震える使用人を一瞥した。

「其方が本物の『悪逆王女』ならば、自分の服に水をこぼした使用人の一人を処刑するくらい朝飯前だろう。この魔王が許す。煮るなり焼くなり好きにせよ」

「申し訳ありません、どうか命だけはお許しを……！」

　顔面を蒼白にした使用人が謝罪を繰り返した相手は、異形の男の対面に座る女だった。

　血のように赤いドレスを着た女の髪は雪のように白い。緻密な彫刻細工のごとき白魚の手に扇を持っていて、嗜虐的に歪んだ口元を覆い隠した。

「そう。なら、お望み通り好きにさせてもらうわ」

　白髪の女――ディアナは立ち上がった。

　扇を閉じた女の足は迷いなく魔王の隣へ。浅葱色の瞳が異形の男を見上げた。

「魔王様。罪人の処遇を決めたわ」

「ほう、どうするつもりだ？　串刺しにして血を流させるか？　歯を引っこ抜いて目の前に並べるか？　爪を剝がし、舌を抜き、目玉を刳り貫くか？　其方にまつわる噂はどれも興味深いものばかりだ。今回はどのような拷問を見せてくれる？」

「決まってるわ。こうするのよ」

——……ぺちん!!

乾いた音が響いた。ディアナが魔王の頰をひっぱたいた音だった。

「魔王様……！」主を傷つけられた四本足の臣下が動き、ディアナ側の従者も前に出る。

「アラガン、よい」

「ララ、下がって」

「「は」」

両者の従者が引き下がり、魔王と王女は向かい合った。

「さて、ディアナ・エリス・ジグラッドよ。この魔王をひっぱたいたのだ。それなりの理由はあるのだろう？　もしも納得いく説明がなければ……分かるな？」

魔王の口から炎が漏れた。舞い散る火花を見てディアナの背筋に冷や汗が流れる。

異形なる存在を前にした彼女は、しかし、毅然と胸を張った。

「理由？　そんなの決まってるわ。使用人の教育がなっていないからよ。部下の粗相は主の責任。人族社会ではそれが常識でしてよ？　……あぁ、それとも、野蛮な魔族の皆さまはそんなこともお知りにならないのかしら」

「……それは余に対する愚弄と受け取るが、構わないか？」

「あら、偉大なる魔王様は粗相を指摘されて怒るほど器の小さい男なのね。どうぞお好きになさって。隔離塔に幽閉でもすればいいじゃない」

浅葱色の瞳には期待の色があった。

魔王の黄金色の瞳がディアナを見下ろし、一拍の沈黙を経て、彼は笑った。

「は、はは。はははは！　いや、これは見事！　この余を相手によくぞ啖呵を切った！　さすがは天下の悪逆王女だ。それでこそ、余の花嫁に相応しい！」

「……で、私への処罰は？　魔王様をひっぱたいたのよ。幽閉はいつするの？」

「幽閉？　馬鹿なことを言うな」

魔王の手がするりと伸びて、ディアナの顎を摑み、上へ向けた。

「これほど面白い女を手放す余ではない。部下が失礼をしたなら主が詫びるべき。まさにその通りだ。この魔王が謝罪する。許せ。余は其方を侮っていたようだ」

かッ、怒りに顔を赤くしたディアナは魔王の手を振り払った。

「気安く触らないで！　私、そんなに安い女じゃなくてよ」

「うむ。そのように気が強いところも好きだぞ」

ぐ、とディアナは顔を歪めた。

「ふん。私はあなたのことが大嫌いよ」

「なおよし。其方のような強情な女は好みだ。噂通りに賢いとあれば、なおのことな」

「……話にならないわ。私のことを分かったような気にならないで」

　冷たく切り捨てたディアナは魔王に背を向けた。

「ヌ。どこへ行く？」

「私室ですわ。どこかの誰かが私を試すせいで疲れてしまったの。あぁ、その食事は使用人の方に差し上げて？　私の残りを下賜するのだから光栄に思って頂戴な」

　そうそう、とディアナは振り向いた。

　扇を広げた彼女は浅葱色の瞳を狐（きつね）のように細める。

「私の服に水をかけた責任は取ってくださいね、魔王様。この真紅（ピュア・ルビー）のドレスは金貨三十枚の値が張る代物。無論、魔王様が弁償してくださるのでしょう？」

「あぁ、もちろんだ。楽しみに待っていろ」

「……ふん。野蛮な魔族に私を満足させるドレスが作れるかしら、見ものだわ……うふふ、うふふふふ！　せいぜい頑張ってくださいね。行きますわよ、ララ」

「はい。王女様」

　悪辣な嗤（わら）い声を上げながらディアナは従者を連れてその場を後にする。

　私室に入り、臣下が扉を閉めると、勢いよくベッドに飛び込んだ。

そして叫ぶ。

「もうやだぁあ〜〜〜〜〜〜〜〜！　死ぬかと思ったよぉ〜〜〜〜〜〜〜！」

子供じみた仕草で枕に顔を押し付けてばたばたと足を動かす。

「わたしに王女様の役なんて無理だよぉ。ご主人様のバカバカバカぁ！」

先ほどの毅然とした態度はどこへやら、涙目で思いの丈を叫んでいた。

「なにあれ！　爪を剝がしたり舌を抜いたりって本気⁉　歯を抜いたらご飯食べられなくなっちゃうよ！　誰がそんな残酷なことするのさ！　ご主人様だってしないよ⁉」

「ん。噂が独り歩きしてる。いつものこと」

蒼髪（そうはつ）の少女——片目を髪で隠した小柄な従者は肩を竦（すく）めた。

「それより魔王様喜んでる。バレてないよ、エリィ」

「う……そう、かな」

ディアナ——もといエリィは信頼する友人の言葉に息を吐きだした。

顔をあげれば、鏡には本物の王女と同じ雪色の髪と赤い服で仕立てられた少女が映っている。

浅葱色の瞳は不安げに揺れていて、とても王女には見えない。

そう、エリィはディアナ・エリス・ジグラッドではない。

エリィはただのエリィだ。物心ついてからずっと王宮で勤めて来たメイドである。

但し、影武者の——という前提がつくが。

「塔に幽閉してくれれば楽だったのに、どうして喜ぶの……普通、会ったばかりの人にひっぱたかれたら嫌いになっちゃうでしょ？　なんで嫌いにならないの……」

「バレなかったからすべてよし」

「……まぁ、それはそうだけどね。わたしだって死ぬのは嫌だし。うん」

エリィは不安げに瞳を揺らしながら従者を見た。

「バレてないなら殺されない……よね？」

「もち。あの魔王ならバレてもエリィを殺さない…………………はず」

「断言して⁉」

本物かと疑われた時は心底焦ったもので、正体がバレなかったことはいいことなのだが、あの魔王の威圧的な瞳はどこまで見抜いているのか分からず、一抹の不安が残る。

「ほんと、全部ご主人様のせいだ……帰ったら王都で一番高いお菓子奢らせてやるんだから」

しかも本物の王女は遊び呆けているというのだからタチが悪い。

「あの時、わたしがご主人様の提案を断っておけば——」


そう、すべての発端は三日前。

主人が発した一言から始まった——。

第一章　ニセモノ姫の始まり

遡ること三日前――。

ジグラッド王国第三王女の離宮、翠水宮の間。

「エリィ。お前、私の代わりに結婚してくれない？」

「え……」

メイド服を着たエリィは白髪の主人が告げた言葉に目を丸くした。

十五歳の若く瑞々しい肌、誰もが虜になる美貌の主人は微笑んでいる。

「け、結婚？　それってどういう……」

「そのままの意味よ。私の代わりに結婚して？　ね？　お願い！」

パン、と目の前で両手を合わせた主人にエリィは高速で首を横に振る。

「む、無理ですよぉ！　王女様の代わりなんて……！」

「大丈夫！　ちょこっとだけだから！」

「そんなお出かけするみたいに……わ、わたし無理ですってば！」

「三年だけだから！　それだけ頑張ってくれたら離婚の手続きを進めるから、ね？」

なおも退かない王女にエリィは怪訝そうに問いかけた。

「そ、そもそもお相手は誰ですか？　隣国の王子様？　それとも公爵家の誰かとか……」

主人はいい笑顔で言った。

「魔王様」

「まおうさま」

「うん」

「………え」

エリィは尻尾を踏まれた猫のように飛び上がった。

「ま、魔王様⁉　あの⁉」

魔王。魔族領域に居を構える魔族たちの長にして孤高の竜王である。

つい一年前まで人族と魔族の戦争が続いていたことは記憶に新しい。

戦争に疲弊した両種族は講和条約を結び、講和の証として人族の王女が魔王の下に嫁ぐことが決まったらしい。その王女こそ、目の前に居る白髪の美女。

ジグラッド王国第三王女、ディアナ・エリス・ジグラッドである。

「ま、まままままま、魔王様って。あの噂の」

「ええ、あなたも知っている通りよ。冷酷非道。人族を家畜としか思わず、数多の英雄を返り討ちにし、そのまま喰らったという最強の生物……私、あんな人外のところに嫁ぐなんて絶っ対に嫌なの！　エリィ、この通りだから！」

「いや、そう言われましても……」

ディアナには計り知れない恩があるし、尽くしてやりたい気持ちは本当だ。

だけど、魔王に嫁げと言われてすぐに頷くほどエリィは馬鹿ではない。

厳しいメイド長にしごきあげられたおかげで、それなりに知識はついている。

「こ、この結婚は人族と魔族の講和の証、ですよね……？　それなのに、わたしがご主人様の振りをして魔王様に嫁いだりしちゃったら、また戦争になりませんか……？」

「それは絶対に大丈夫よ。だってお前、私と顔が似てるもの」

確かに瓜二つだと言われてはいるが。

そもそも影武者として拾われたし、影武者仲間にも王女に一番似ていると言われがちだが。

「いやいやいや、そういう問題じゃ」

講和の証が三年で離婚。大問題では？

「エリィ。あのね……私、好きな人が居るの」

ディアナは真剣な顔で言った。

「侯爵家のエリオット様というのだけど、この方は国外とのパイプもたくさんあって、仕事も出来るし、女の子にも優しいハイブリッドなイケメンで……」

「ご主人様、その『好きな人』は今年で何人目でしょうか」

「そうね。五人目だったかしら」

けろりとディアナは言う。

エリィは激怒した。必ずや邪知暴虐の主(あるじ)の目論見(もくろみ)を挫(くじ)かんと決意した。

「ダメじゃないですか！　どうせ別れるんだからわたしを身代わりにする必要ないですよ⁉」

「今回だけは本気なの！　私の愛は本物なんだから！」

「それ前も言ってましたよ⁉」

「女心は秋の空。人の心は変わるものよ、エリィ」

「さっきと言ってることが矛盾してる〜〜〜〜！」

エリィの絶叫に誰も応えてはくれない。

周りには他の侍女たちもいるのだが、我関せずとばかりに壁の花となっている。助けを求める視線を向けても全員に無視された。ひどい。

「エリィ。よく聞いて」

ディアナはエリィの肩に手を置き、きらきらした慈愛の笑みを浮かべる。

「五年前、孤児だったお前を拾ってやったのは誰だと思ってるのかしら」

「あ、あぅ……」

うふ。うふふ。とそれはそれは良(い)い笑みだった。

一生の恩義を持ち出されたエリィは声を詰まらせてしまう。

「この恩は一生かけて返すって、言ったわよね？」

「うみゅ……」

「今がその時よ。エリィ」

ギリギリ、と肩に痛みが走るほど強く摑まれる。

（そ、それを言われたら……）

エリィは頭を抱えたい思いだった。

（た、確かに、助けてくれたのはすごく感謝してるけど）

エリィは王宮に来る前、貧民街に居た。

父は物心ついた時からおらず、そばに居たはずの母はエリィを置いて突然姿を消した。その日食べる物にも困って、寒くて震えていたのを覚えている。苦しかった。辛かった。寂しかった。貧民街にはゴロツキが多く、病気も蔓延していて、幼いエリィが生きていくには過酷な環境だった。

（でも、ご主人様が現れて……）

ディアナは飢え死にしそうになっていたエリィを救ってくれた。

「汚い子供ね。私が綺麗にしてあげるわ！」「……もう大丈夫よ」そう言って抱きしめてくれたことは、今でも鮮明に覚えている。

自惚れじゃなければ、実の妹のように育ててくれたはずだ。素性が知れない卑しい女として先輩侍女たちに嫌がらせをされたけれど、主であるディアナだけはいつも優しくて。休日には一緒に街にお出かけして、服を買ってくれたりもした。影武者仲間と仲良くなれたのは間違いなくディアナのおかげだ。確かに、世間では色々と言われているし、高飛車なところもあるけれど、それでもエリィのご主人様なのだ。

「でも、だからって魔王様なんて……」

「仕方ないじゃない。私だって心底嫌なのよ」

　ディアナは唇を曲げた。

　そしてやっぱりいい笑顔で言う。

「だからお願い。エリィ。私の代わりに結婚して？」

「うぅ……」

《魔王》リグネ・ディル・ヴォザーク。

　数百年前、群雄割拠の魔族領域を一つに束ねた怪物。

　曰く、その牙は処女の血を好み、その爪は骨をも砕く力を持つ。

　曰く、挑んできた英雄を返り討ちにし、最後に貪り喰らう。

　曰く、見ただけで呪いを振りかける、邪悪な魔眼を持つ。

　曰く、その身体は天をも穿ち、大地を震え上がらせる巨体である。

　曰く、曰く、曰く、曰く——。

　魔王に関する噂は聞くだけで震えあがってしまうほど恐ろしいものばかり。

　そんなところに自分のような女が嫁いだら、それこそ食べられて——。

「こらエリィ。噂なんてあてにならないわ。私が良い証拠でしょ？」

ディアナは『尻軽王女』『寝取り好き』『悪逆王女』と社交界では悪い噂が絶えない女だ。胸に手を当てて得意げなディアナにエリィはげんなりした。

「いえ、ご主人様は結構当たってるところも……」

「な、なんですって！　エリィの癖に生意気よ！」

「自業自得じゃないですかぁ！　わたしが先輩たちと一緒に何人の『好きな人』に頭を下げに行ったと思ってるんですか！」

「お前は私のメイドでしょ？　それが仕事よ」

「そんなのメイドの仕事じゃなぁあああああい‼」

誰にともなく叫ぶエリィを、周りは可哀そうなものを見る目である。

同情するなら助けて欲しい。お願いだから。

「はぁ～」

エリィは色々と諦めた。

なんだかんだといって主人に甘いのである。何より恩義があった。

「…………三ヵ月です」

「ん？」

「三ヵ月だけご主人様の振りをします。けど、その間にご主人様が好きな人にフラれたら、わたしと入れ替わってください！」

「ふむ」

三年なんて長すぎるし無理だけど、三ヵ月なら何とか乗り切れるかもしれない。

いや、本音を言えば一日でも一週間でもいいくらいだけど、今回のご主人様は『本気』らしいから、いつもより長続きするかもしれない……と考えての提案だった。

「三ヵ月……ふむ。なら私が先にフラれるか、あなたが先にバレるかの競争ね？」

「——はい」

ご主人様はフラれる前提だけどいいんですか、とは言わない。

エリィはこれでも十五歳。もう大人なのである。

（あとバレたら殺されるから本当に洒落にならないし！）

「ふふ！　いいわ、じゃあそれで行きましょう！」

「あ、あの。誰か付いて来てくれますよね？」

「もちろん！　ララをつけましょう。きっと何とかしてくれるわ！」

「ララ様なら……うん、頼りになりますね」

幼い少女の姿をしているが、ララは宮廷魔術師だ。

ディアナの何百倍も頼りになるし、歳も近いので仲良くやらせてもらっている。

「じゃあ三ヵ月。約束ですよ？　絶対ですよ？」

「もちろん。私が嘘をついたことある？」

「…………」

残念ながら、ディアナは嘘をついたことがない。

いつだってまっすぐに自分の思うことをやっていて、ひたむきで。

そんなディアナだから、憎めないところもあるのだ。

「……分かりました。約束ですよ」

「えぇ、約束よ！」

ディアナはとびっきりの笑顔でエリィを抱きしめた。

「今日からあなたがディアナ・エリス・ジグラッドよ！　エリィ。頑張ってね！」

「本当に誰のせいだと…………三ヵ月だけですからね、ほんとに！」

飽き性なディアナのことだから、絶対にフラれると踏んでいる。

だから三ヵ月。

三ヵ月堪えれば、自分はただのメイドに戻れるはずだ。

王女の役なんて絶対に無理だし、どこかでボロが出る。早々に離脱したい。

（魔王様の噂が本当なら、バレたら殺されるだろうし）

頭をよぎった想像にぶるりと身体を震わせ、エリィは固く決意する。

（絶対に生き残ってやるんだから！）

魔王城に行くことが決まったエリィは、影武者仲間たちにあっと言う間に着せ替えられた。まるで用意していたような手際の良さである。

「ねぇ。もしかしなくても、みんなでわたしを売ってないよね？」

「あら。なんのこと？」

「エリィが一番適任だと思ったのよ。ご主人様に一番似てるしね」

「本当に？」

エリィのじと目に影武者仲間たちは明後日の方向を向いて口笛を吹いた。

裏切り者ぉ……と、唸るエリィの背中を侍従長がぐい、とディアナの方へ押し出した。

「さぁ、出来ました。いかがでしょうか、殿下」

「まぁ。可愛くなったじゃない」

ディアナは嬉しそうに手を叩く。

「私そっくりね。可愛いわよ、エリィ」

鏡の前に立たされたエリィは「うぅ」と唸った。

……悔しいが、似ている。

自分で言うのもおこがましいが、綺麗な女の子だ。顔が小さくて浅葱色の目はぱっちりとしているし、少し癖のある雪色の髪は三つ編みにされていて、黙っていれば王女に見間違えられてもおかしくはない。若干、そう若干だけ、胸を盛りすぎているところはあるが……パッドを何枚も重ねているが、そこはご愛敬。

（でもやっぱり服に着られてる感はあるなー……うぅ……）

白のウエディングドレスは華やかなフリルがあしらわれ、煌びやかな宝石が飾られている。けれど、身長が低いエリィが着ると服に着られている感が強い。せめてもう少し大人になってから着たかったなとエリィは思った。

「試着は大丈夫そうね。それじゃあ行きましょうか。大広間まで送るわね」

晴れやかな顔のディアナに続きエリィは大広間へ。人族と魔族の友好の証として嫁入りするのだから、大規模なパレードのようなものがあるのかと思ったが、そんなものはなかった。どうやら『王女』と魔王の結婚を知っているのは王族を含む一部の者だけらしく、エリィは大広間で国王と対面することになった。きっと最初から身代わりの計画が持ち上がっていて、人族側には意図的に伏せられているのだろう。

「陛下。ただいま参りましたわ」

「おぉ、ディアナ。よく来た」

ディアナの父であるジグラッド王は齢五十を越えているとは思えない偉丈夫だ。

エリィのような下賤の者が御前に出るわけにはいかなかったからいつも遠巻きに見ていたけれど、目の前にしてみると体つきは大きく、厳つい顔つきに髭の生えた様は一国の王の威厳を纏っている。

「こやつが例の……見れば見るほど不思議だな。少々幼いが、ディアナそっくりだ」

「ええ、そうでしょう？」

「エリィと言ったな。今回は迷惑をかけて本当にすまぬ」

ジグラッド王は頭を下げた。

雲の上の存在に頭を下げられたエリィは慌てて首を振った。

「そ、そんな！　陛下が謝ることではありません！」

「うむ。それは本当にそうだ。我が娘が全部悪い」

「そうです！　ご主人様が悪いです！」

「二人とも、本人を前にして言いすぎじゃない？」

「黙れディアナ。お前の一生のお願いだというから聞いてやっているのだ。本来なら王族の責務を逃れようなどという行為、許されるものではないのだぞ」

（陛下がまともな人でよかった……もっと言ってやってください）

まぁ娘の願いを聞いている時点でこの親も大概なのだが。

今のエリィにとっては唯一の常識人であった。

「エリィよ。すまぬが三ヵ月だけ耐えてくれ。どうせフラれる」

「分かってます」

「フラれませんけど⁉」

茶目っぽく笑う国王にエリィは思わず微笑んだ。

「――私は反対ですぞ、陛下っ‼」

突然、和やかな空気をぶった切る怒声が聞こえた。

見れば、大広間に白髪の老人がやってくるところだった。

「ようやくこぎつけた人魔講和条約。それをこのような形で魔王を虚仮にするなど……人族の誠意を疑われます。今からでも遅くはありません。本物の王女を差し出すべきです！」

「ゼスタ・オーク侯爵。其方の言いたいことは理解しているつもりだ」

ジグラッド王は頷いた。

「これが王女の我儘であることも理解している。だが、余も人の親だ。長年構ってやれなかった王女の最後の我儘くらい聞いてやりたい。期限も付いていることだし……」

蒼天色の瞳に見下ろされてエリィは背筋を伸ばした。

「幸い、影武者も優秀なようだしな」

「ええ、お任せください。お父様」

仕事の時間だ。ディアナの振りをしたエリィは艶然と微笑んで見せる。

「私、ちゃんと役目を果たして見せますから。ご安心くださいね」

まるでディアナがその場に二人いるような仕草に周りの者たちも息を吞む。

文句を言いに来た侯爵も気圧されたように沈黙し、

「…ふん。後悔しても知りませんぞ！」

そう捨て台詞を吐いて去って行った。

まるで敵役のような役回りだが、実際に彼の言うことは正しいし、口には出さないだけで同じようなことを思う者もいるのだろう。誰も彼を悪く言うことはなかった。

どことなく緊張の糸が緩んだ場でジグラッド王が顎髭を撫でる。

「しかし、少々お行儀が良すぎるな。ディアナはこんなにいい子ではないぞ」

「大丈夫です、陛下。ご主人様は外面だけはいいですから。外面だけは」

ディアナが引き攣った顔で口を挟む。

「ちょっとエリィ？　あなたずけずけ言いすぎじゃない？」

「これでも足りないくらいです！」

「ふふ。良きかな。少々水を差された感はあるが、『王女』を守る護衛を紹介しよう」

ジグラッド王の後ろからやってきたのは小柄な少女だ。

蒼い髪を肩口で切りそろえた彼女は高級な魔術師のローブを着ている。

片目は前髪で隠され、幼さの残る空色の瞳がエリィを見た。

「ん。うちが護衛。よろしゅ」

「既に会ったことはあるな？　宮廷魔術師のララ・マイヤーだ」

「よろしくお願いします、ララ様！」

ララはこくりと頷いた。

「うちが居れば魔王も一撃。怖くない」

「いや、さすがにそれは……」

「エリィよ。ララの実力は折り紙付きだぞ」

ジグラッド王は得意げに言った。

そして明後日の方向を見て呟く。

「まぁ、魔族に対して見境がないから一度魔術を使えばあたり一帯を更地に変えてしまうが……そのせいで味方から敬遠されてもいるが……」

「え？」

「ごほん、なんでもない」

「天才魔術師にして問題児なんてエリィには言わないほうが良さそうね」

ララ様ってそんな人だったの⁉

「ごほん」ジグラッド王は気を取り直すように咳払いした。

「さぁエリィよ。今日からお前がディアナ・エリス・ジグラッドだ！」

「一緒に頑張りましょうね、エリィ。私、今度こそ真実の愛を掴むから！」

「二人とも、ちょっとは人の話を聞いてくれます⁉」

真夜中。王都の街並みを通り過ぎる、一台の馬車にエリィは居た。

王家の紋章が刻まれた上等な馬車は人目を避けるように進んでいく。

「……つーか、魔王とか大丈夫かよ。俺ら殺されねぇよな？」

「大丈夫だろ。いちおう講和条約は結んでるんだし。怖いけど」

「だよな。平和祈念式典とか大々的にやってくれたら……いや、そんな予算どこにあるんだって話か」

「両種族が消耗し尽くしての講和条約だからな。ぶっちゃけた話、いつ破られてもおかしくない。今度はいつ戦争が始まるか」

「はぁ――……放蕩娘とはいえ、国王もよく娘を差し出す気になったなぁ……」

馬車に張り付いている護衛たちはエリィが偽者であることは知らない。

冷や汗をだらだらと流したエリィは隣に座るララに問いかけた。

「あ、あの。ララ様、バレないですよね？　ね？」

「問題ない。あなたがヘマしなければ」

それと、とララは言った。

「今のあなたは王女。うちのことはララと呼ぶべき」

「そ、そうですか……じゃあララさんで」

「ララ」

「う……ララ？」

「よろし」

　ララはにこりと微笑んだ。

「うちらはとっくに友達。遠慮なく頼るべし」

「ら、ララ様〜〜〜！」

　あまりの頼もしさにエリィ、感無量である。

　ディアナの夜会給仕をしていた時、何度も夜会で顔を合わせているから話しやすいし、陛下やディアナは何かと言っていたが、宮廷魔術師としての力量は本物のはず。

　今後はお友達として、ぜひとも頼りにさせていただきたい。

「よろしくね。ララちゃん……！」

「ん。万事まかせとけ」

　王都から魔族領域へは馬車で三日かかる道程で、エリィを乗せた馬車は宿場町で休みながらゆっくりと魔族領域へ向かっていた。手持ち無沙汰のエリィは景色を楽しんだり、ララと話して馬車の旅を楽しんだ。いくつもの川を越え、草原を越え、辿り着いた荒れ地。その先にある黒々とした戦場跡を越えると、一気に景色が変わる。

「うわ……」

蒼い大地が広がっていた。

草木もまばらに生えているが、人族領域では見たことがない奇形のものだ。

空からはワイバーンの鳴き声が聞こえ、地上では魔獣同士が肉を喰らい合っている。

「ここが、魔族領域……」

車窓越しに騎士たちの緊張が伝わってくるようだった。

『王女』を乗せた馬車は数百騎の騎士たちに囲まれながら異形の城に到着する。

上空に星空が浮かび、ドラゴンの紋章が雷でピカッと照らされる魔の城。

そこには数えきれない魔族たちが待ち構えていた。

「人族代表、ディアナ・エリス・ジグラッド殿下が参上仕（つかまつ）った！　そちらの代表者は！」

護衛団長の声が聞こえる。

男とも女ともつかないケンタウロスの美声が応えた。

「魔族代表、宰相のアラガン・ダートが迎えます。ようこそおいでくださいました、人族の客人たち」

それから彼らが二言三言話したのち、馬車の扉がノックされた。

エリィは深呼吸し、ウエディングドレスの裾を持ち上げる。

ララに支えられながら、ゆっくりと馬車を降りると――。

『……』

数千対もの視線にさらされ、思わず悲鳴が出そうになった。

護衛団がザッと道を開けて列になり、人族が作った花道の真ん中にエリィは降り立つ。

（こ、怖い……）

右を見ても左を見ても、騎士越しに人族とは異なる姿をした者たちが見える。

頭から角が生えているのは良いほうで、目玉が一つだったり、腰から下が蛇だったり、身体が粘液で出来ていたり、巨人だったり、蜘蛛の身体に人の上半身が生えていたり……。

騎士団が花道を作ってくれなければ、今にも逃げ出していた自信がある。

息を整え、震える足でゆっくりと歩き出す。花道の先には魔族の代表が待っていた。

頭に一本角が生えた男だ。人馬一体。彼の下半身は蒼い馬のそれである。

（ケンタウロス……だっけ。ほんといっぱい、色んな人がいる……）

「ディアナ・エリス・ジグラッド殿下ですね。お待ち申し上げておりました」

ケンタウロス――アラガンの美声に、エリィはただ頷いた。

騎士たちが去るまで喋ってはならないと言い聞かされていたのだ。

魔族への引き渡しが完了すると、護衛団は一斉に花道を崩して隊列を作った。

「そ、それでは、我らはこれで。無事に任務を終えたので帰還する！」

「おや。魔王城でお休みにならないので？　祝宴の用意をしておりますが」

「け、結構だ！　我らは次の任務があるからな！　では！」

護衛団は虎に追われる兎(うさぎ)の群れのように煙を立てて去って行った。

(王女が可哀そうだとか言ってたくせにぃ……！)

若干恨めしげなエリィである。

あっという間に姿が見えなくなった騎士たちをケンタウロスは鼻で笑った。

「やれやれ。ずいぶんと勇ましい騎士たちだ。さて……」

アラガンがエリィに向き直った。

「改めてご挨拶申し上げます。レディ・ディアナ。これからよろしくお願いします」

「は、はい、よろしく……」

エリィがいつも通り振る舞おうとすると、ララが後ろから小突いて来た。

そうだった。今の自分はディアナ・エリス・ジグラッドだった。

エリィは咳払いし、偉そうに胸を張る。

「そうね。よろしくお願いするわ」

きょろきょろと周りを見渡す。

「それで、私の旦那様になる方はどちらかしら！　花嫁が来たというのに挨拶もなくて？　それが魔族の流儀なのかしら？　ずいぶん無礼ですこと」

(怖い人に会わなくて済むならそれでラッキーだよぉ！　早く部屋に連れて行って！)

取り繕った外面の裏でエリィは飛び上がりそうになるほど喜んだ。

なにせ相手は処女の血を好むという恐ろしい怪物である。

出来れば仮面夫婦として穏やかな三ヵ月を過ごしたいというのがエリィの本音だった。

「いえ。もういらっしゃいました」

（ほえ？）

エリィの頭上に影が差した。

「……！」

黒。夜より黒く、暗黒よりも深い黒。

大きな翼は星々を覆い隠し、ばさり、ばさりと突風を引き起こす。

四本の足の爪は鋭く、鞭（むち）のようにしなる尻尾があった。

ぎろり、と紅火色（ルベライト）の瞳がエリィを睨（にら）んだ。

「貴様が例の王女か」

――……ザッ‼　と魔族たちが一斉に膝をつく。

数多の種族を従える死の具現は、地響きを立ててエリィの前に降り立った。

「我が名はリグネ・ディル・ヴォザーク。魔王だ。遠い地より遥々（はるばる）やってきた人族の王女よ。まず言っておくことがある。心して聞くがよい」

魔王は牙を剥（む）き出（だ）しにして、

「余が其方を愛することは……」

溢れるパトスがエリィに叫ばせた。

「ど、ドラゴンだぁ！　すごい、すごい、かっこい～～～！」

無邪気な子供の叫びが空に木霊する。

「すごいすごい！　ほんとに飛んでる！　大きい翼！　爪、こわっ！　でもかっこいい！　あの鱗どうなってるのかな、逆鱗があるってほんと？　火を噴いたりするのかな～～！」

世界が停止したような沈黙があった。

誰もが呆気に取られるなか、いち早く立ち直ったのは魔王その人である。

「……かっこいい、だと？」

ハッ、とエリィは我に返った。

ぎぎ、と周りに首を巡らせる。その場にいる魔族たちはエリィのことを凝視していた。

（あれ、わたし、もしかして）

振り返れば、ララは額に手を当てて天を仰いでいた。

「お馬鹿」と小さなつぶやきが聞こえるようだ。

サァ、と顔から血の気が引く。

（や、やってしまった～～～～～～～～～～！）

内心で頭を抱えたいけれどそれは出来ない。今のエリィは王女だから。

(どうしよぉ……ドラゴン見るの初めてだから興奮しちゃった……)

王城に住み込みで働き始めてから、エリィは王都の外に出たことがない。

休日のもっぱらの楽しみはディアナから借りた乙女小説を読むこと。

有能な宰相と侍女の禁じられた恋、姉妹で王子を取り合うドロドロの愛憎劇。そして、ドラゴンに囚(とら)われた姫を王子様が助けに来る英雄譚(たん)……。

お話の中に出てきた存在が目の前に居て好奇心が勝ってしまった。

(で、でも、この人は魔王様なわけで……)

エリィは壊れた歯車のような動きで顔を上げる。

真紅の瞳はこちらを凝視しており、今にも射貫(いぬ)かんばかりの力強さ。

曰く、その牙は処女の血を好み、その爪は骨をも砕く力を持つ。

曰く、挑んできた英雄を返り討ちにし、最後に貪り喰らう。

曰く、捕らえた人族の女を強引に従わせ、最後には殺す。

曰く、残忍無比な王にして人族すべての敵である。

「おい。聞いているのか。早く答えぬと食い殺すぞ」

魔王――リグネは鋭い牙を剝き出しにして、吼(ほ)えるように言った。

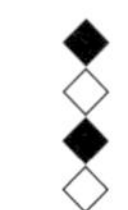

（や、やっぱり噂は本当だったんだ）

食い殺すぞ、食い殺すぞ、食い殺すぞ……。

頭の中で繰り返される魔王の言葉は、エリィの胸に消えることのない楔（くさび）を打った。

（ドラゴンの姿でつい興奮しちゃったけど、やっぱり魔王様は魔王様なんだ……）

このままでは本当に食べられてしまう。エリィの本能は警鐘を鳴らしていた。

先ほどの興奮はどこへやら、思考のすべては生存という一点に収束していく。

「答えよ、王女よ。今、先ほど其方が吐いた言葉を繰り返してみよ」

かっこいい。そう思ったことは本当だが、素直に肯定していいのか疑問が残る。

そもそも、エリィには魔王と結婚する気はさらさらないのだ。

リグネがエリィの言葉に対してどのような反応をするかまだ分かっていないものの、魔王に嫌われすぎればこの場で食い殺されて人生が終わってしまうし、逆に気に入られすぎて万が一男女の仲になってしまったら後戻りが出来なくなるかもしれない。

来たる三ヵ月後、ディアナと入れ替わるためには気に入られすぎず、嫌われすぎない絶妙なラインを見極める必要がある。それが今、エリィが生き残るための絶対条件。

（こういう時は……）

エリィはサッとリグネに背を向けて、懐から小さな本を取り出した。

（お仕事手帳（ザ・ブック）！　これさえ見れば全部分かるはず！）

五年間、ディアナから教わった淑女としての心得を記した手帳である。

同僚に虐（いじ）められた時の対処法、交渉術の心得、殿方に言い寄られた時の反撃の仕方、あるいは自分の力が及ばない相手へのあしらい方などなど……。

『エリィ、へりくだってはダメ。胸を張って堂々とするの。どんなことがあってもね』

（ご主人様……エリィは、エリィは頑張ります！　あなたが失恋するその日まで！）

さりげなく主人の不幸を願いながら、エリィは「よし」と拳を握った。

リグネが不機嫌そうに身を乗り出す。

「何をこそこそとしている。いい加減に――」

「――と言いましたわ」

「なに？」

エリィは髪を払って振り返った。

もはやメイドのエリィではない。ここに居るのは悪逆王女の異名を持つ女だ。

「聞こえなかったかしら。かっこいいと、そう申し上げたの」

「ヌ……」

リグネは鼻白んだ。

疑るようにこちらを窺う黒龍の翼にエリィはうっとりと手を伸ばす。

「この睡蓮の花のように月夜に映える翼膜！　私のテーブルクロスにピッタリじゃありませんか！　なんて見事な翼なのでしょう！」

「「「は？」」」

その場にいる全員が目を点にした。

エリィは無視して次々とリグネの身体を品評していく。

「こちらの牙なんてナイフに使えそうですわ！　これさえあればどんなに硬いお肉でも切れそうですわね。それにこの鱗！　ドレスに使ったら勇ましさと美しさを表現出来るんじゃないかしら。お掃除にもちょうどいいわ。どうしても箒が入らない隙間はドラゴンの鱗で磨き上げられるもの」

ところどころ素が出てしまっているが、エリィは気付かない。

嬉し涙を流すように目元を押さえ、うっとりと紅潮した頬を黒龍の頬にすりつける。

「あぁ、私の夫があなたでよかった！　もちろん寛大なる魔王陛下のことですから、妻に鱗や牙の一つや二つ、いやさ三つ、惜しみなく与えてくださるでしょう？」

「貴様……」

威圧するように喉を唸らせたリグネに魔族が戦々恐々とする中――。

エリィは作戦の成功を確信していた。

（決まった～～～！　これこそ悪女！　自分の身体を掃除道具にしようとか言いだす女なんて、魔王様もお断りのはず！　これで万が一でも男女の仲になる線は消えた！）

まっすぐ魔王と向かい合う今のエリィは堂々としている。

先ほどは脅されて混乱したが、冷静に考えれば魔王はエリィを殺せないのだ。

人魔講和条約を締結させるためにはエリィの存在が不可欠だから。

かといって王女を近くに置くかと言えば、今のエリィの発言でその線は消えた。

（自分の身体を欲しがる猟奇的な妻なんて、魔王様から見てもお断りだろうし！）

殺すわけにはいかないが、かといって好きというわけでもない。

では、魔族側が取る対応は？

触れてはいけない、かといって捨てられない者を処分する方法は――。

遠ざける。これがエリィの出した答えだった。

（隔離塔に幽閉でもしてくれればこっちのもの！　あとは三ヵ月間、慣れない環境で風邪を引いた振りをして、無事にフラれたご主人様と入れ替わる！）

我ながら完璧な作戦。なんという穴のない作戦だろうか。

エリィは自分を褒めてあげたい気分だった。

内心でにやりと笑うエリィに、リグネはドン引きしたように後ずさり――。


「面白い」

気付けば、エリィはリグネの大きな手に乗せられていた。

「え？」

呆然（ほうぜん）とするエリィの鼻先にリグネの竜顔が近付く。

「美辞麗句で余の機嫌を取るような女なら、塔に幽閉して飼い殺しにしようと思ったが、まさか余の身体を欲しがるとは。なんと勇ましい女だ。あまり良くない噂は聞いていたが、とんでもない逸材だな、ディアナ・エリス・ジグラッドよ」

「え、嘘。待って。あの、私の話、聞いて――」

「よい。皆まで言うな」

リグネは「分かっている」と言いたげに鼻を鳴らした。

この魔王、何も分かってない。

「さすがにこの場で余の身体を与えることは出来ぬ。しかしながら、今の短いやり取りで貴様の特異性は我が配下どもにも伝わったであろう。魔族たちよ！　歓迎の角笛を鳴らせ！　この魔王リグネ・ディル・ヴォザークが、勇ましきディアナを花嫁に迎えようぞ！」

ぶぉぉーん……と角笛の音が鳴り響き、魔族たちが歓声をあげる。

数千もの魔族が足を踏み鳴らす様は出陣前の軍隊を思わせた。

「さぁディアナよ。共に我が城へ参ろうではないか」

「は、はひ」エリィを手に乗せたまま宙に浮く魔王。
遠ざかる地上、心地よい魔族領域の風。
初めて空を飛ぶ体験に、エリィは心を躍らせる余裕もなかった。
(ま、待って、このままじゃ本当に……！)
地上のララを見る。たすけて、と口を動かす。
ララは感心したように頷いていた。
「さすがうちの主。なかなかにやる」
(そうじゃな――――い！)
エリィは頭を抱えた。
気に入られたらダメだったから、嫌われる発言をしたのに。
完璧で穴のない作戦だったはずなのに。
幽閉ルートを自ら閉ざしたばかりか、魔王に気に入られてしまうなんて――。
(どうしてこうなった!?)
自爆してしまったエリィに、一人の人馬が呟いた言葉は聞こえなかった。
「………怪しい」

魔王城は雲を貫くのではないかというほど大きかった。

いくつも連なる巨大な尖塔、城壁上には迎撃用のバリスタが置かれている。

城門は歴史を感じさせる壮麗さがあって、城の中庭は美しく整えられている。

「わぁ、綺麗……」

「我が自慢の城だ。そして、今日から其方が住まう城でもある」

思わず感嘆の息をこぼしたエリィにリグネは鼻高々だ。

素が出てしまったことがバレていなくてホッとしたエリィは、城の玄関口に目を留めた。

確かに綺麗だ。壮麗でもある。だけど……。

「あなたの巨体じゃあの門は通れないのでは？」

「ふむ。そうだな」

「でしょう？　だからまずは私を下ろしてくださるかしら。そもそも、勝手に淑女を手のひらに乗せるなど許されることではありませんわよ」

（お願いだから下ろしてください思ったより高いところが怖いんですぅ！）

エリィが内心で懇願した瞬間、身体が焔に包まれた。

全身が焔に包まれたエリィは声にならない絶叫をあげるが、すぐに気付いた。

（あ、あれ？　熱く、ない……⁉）

燃えているのはエリィではない。

リグネだ。しかも。

お尻に感じる感触が鱗の硬質なものから、柔らかなものに変わった。

ふわりと、身体が宙に浮いた。

そう思った時には誰かに抱き抱えられていた。

「これで問題なかろう」

「ほえ」

焰が晴れて、頭上に厳めしい男が現れる。

頭に二本の角が生え、切れ長の瞳は見る者を虜にする黄金のよう。

ばさりとマントを翻した黒衣の下には鍛えられた身体があった。

「どうした。我が花嫁よ。ぽかんとした顔をして」

見つめられたエリィは僅かに顔を赤らめながらそっと目を逸らした。

「い、いえ……あ、あなた、人にもなれましたのね」

(処女の血を好むって聞いてたのに。この姿で食べちゃうのかな)

ぐちゃぺちゃごりぐちゃぺちゃぁ……。

人の姿のリグネが人肉を食べているところを想像して血の気が引いた。

男らしい体つきに見惚れてしまっていた余韻は見る間に消え去った。

（食べられちゃう……本当の意味で食べられちゃう！）

くるくると表情が変わるエリィをリグネはじっと観察している。

「……其方は余を人と呼ぶか。こう見えても人外と呼ばれてきたのだが」

「人であろうとドラゴンであろうと同じことでしょう？」

エリィは本気で首を傾げた。

「……」

「こうして同じ大陸公用語を喋れるし、意思を交わせる。それで十分ではありませんか」

「ま、ドラゴンの姿もかっこいいですけどね。色々と使えそうで！」

最後に取り繕った悪女面をかますと、リグネは噴き出した。

「……其方は本当に面白いな」

「はい？」

【余を怖がらなかったのは其方が初めてだ】

エリィは眉根を寄せた。

「ねぇ、急に私の分からない言葉を話すのは卑怯ではなくて？」

（何を言ってるか分からないと食べられちゃいそうで怖いんですけど！）

強気に抗議しつつ、内心でガクガクブルブル震えていた。

殺されないとタカを括りつつも、食い殺すぞ宣言をされたばかりなのである。

どうすれば下ろしてくれるだろうかと考えて、ようやくエリィは今の状況に気付いた。

（あれ？　……こここここ、この格好って……もしかしなくてもお姫様抱っこでは？）

愛読していた乙女小説で頻繁に出て来たお姫様抱っこ。

実はひそかに憧れていたワンシーンがこんな形で実現するなんて！

「何を赤くなっている？」

ぷしゅー！　と頭から湯気を出し、エリィの羞恥は限界に達した。

真っ赤になるエリィの額に手を当てて、魔王は眉根を寄せる。

「ふむ。少し身体が熱いな。旅の疲れが出たか？」

「お、お気遣いなく！　この身体でもあなたを倒すことなんて訳ないわ！」

「余を倒す？　魔族の中で未だそれを為し得たものはいないぞ」

「――魔王様」

その時、二人に追いついて来たララが助け舟を出してくれた。

（ララちゃん！　やっと助けてくれる気になったんだね）

目を輝かせるエリィに「まかせとけ」とララは頷く。

「姫は照れてるだけ。熱はない」

（そうじゃなぁあああああああああああい‼）

この状況を！　なんとかしてくれると思ったのに！

なんで魔王様の背中を押しちゃうかな！　実はこの子は魔族側のスパイでは⁉

可愛らしく親指立てても許さないいんだからぁああ‼

「ディアナ」

「は」

リグネはエリィの頬に手を添えて言った。

「其方、可愛いな」

「え」

「ますます気に入った。貴様を送った人族には感謝せねば」

「ちょ、下ろしなさい！　どこに向かうんですの！」

「寝所だ。決まっているだろう！」

「し、しししししし、寝所⁉」

エリィの頭は大パニックだ。

目をぐるぐると回してエリィは悲鳴をあげる。

（た、食べられちゃう……別の意味で食べられちゃうよぉ！）

まずい。非常にまずい。

絶対にないであろうと考えていた万が一の場合が実現してしまう。

（男女の仲になってしまったらもう逃げられない……！）

エリィはもはや、外面を取り繕う余裕もなく抗議した。

「あ、あの！　そ、そそそ、そういうのはまだ早いんではなくて？」

「何がだ。こういうのに早いのも遅いのもなかろう。むしろ早いほうがいい」

「そうなの⁉」

「当然だ」

「いやでも男女のそれはもっと色々と育むものであってわたしたちはまだ知り合ったばかりっていうかもっとお互いのこと色々知ってからじゃないと困るっていうか」

照れすぎて早口になるエリィに魔王は不思議そうに首を傾ける。

「何を言っている。体調が悪い者を休ませるのは王の務めだろう」

ピシ、とエリィは固まった。

リグネの言葉の意味を理解し、かぁああ、と全身が熱くなる。

不思議そうに、リグネは首を傾げた。

「其方、何を想像したのだ？」

「べ、べべべべべ、別になにもっ？　何もありませんことよ。おほほ……」

これでもエリィは十五歳。年頃の乙女なのであった。

魔王城の内部は人族の城とそう変わりはなかった。

人肉がぶら下げられていたり、骨が飾られていたり、とにかく残酷な内装を想像していたのだが、華美さを抑えながらも精緻な装飾が施された玄関ホールは人族の王宮より美しい。

(思ったより人族と変わらないのかな……いやでも、食べ殺すって言ってたしな……)

薄暗い魔王城の廊下は宙に浮かんだ火の玉が徘徊していた。どうやらあの火の玉が汚れだけを燃やしてくれるらしい。メイドに戻ったら一つ欲しいなとエリィは思った。

「ここが其方の部屋だ。ゆっくり休むといい」

リグネに案内されたのは豪華すぎる部屋だった。

大理石を敷き詰めた床の上に赤い絨毯が敷かれ、化粧台や調度品はどれもが一級品。部屋の奥に鎮座する天蓋付きのベッドなど、無限に沈み込めそうなほど柔らかい。

「どうだ。いい部屋だろう」

「ふん。まぁまぁですわね」

(す、すごい……こんな部屋見たことない！　ご主人様の部屋よりすごい！)

外面を完璧に取り繕うエリィにリグネはさらりと言った。

「うむ、それでこそだ。魔王の嫁だからな。これくらいで気後れしたら失望していたぞ」

ははは、と笑う魔王にエリィはギョッとした。

(わ、笑いごとじゃないんですけど?)

どこに死亡フラグが隠されてるか分かったものではない。

エリィは決意した。今後、発言にはもっと気を付けようと。

「余は仕事があるのでな。食事になったら呼びに行かせるから、少し休め」

そう言ってリグネは去って行った。

ばたん。と扉が閉まり、足音が遠ざかっていく。

ララと二人きりになったエリィは胸をなでおろした。

悪女の仮面を脱ぎ去り、力が抜けたようにベッドに倒れ込む。

「ふ、ふぅあ………よかった。なんとかここまで来た……」

「エリィ。お疲れ」

「ありがと。ララちゃん」

ララが差し出してくれた水を呑む。

「ぷはぁ、生き返るよぉ～……」

「ちなみにそれ、魔術で作った水。飲み水には不向き」

「ララちゃんって微妙に役立たずだよね⁉」

エリィが突っ込むと、ララはむっとした。

「失礼。本当のことでも言っていいことと悪いことがある」

「そこは嘘だと言って欲しかった！」

ため息をつきつつ、腕で目を隠しながら脱力する。

「なんにしても……今のところバレてない、よね」

「ん。エリィの演技は完璧」

「完璧ではないんだけどね……」

出来れば『囚われの姫大作戦』が成功して欲しかった。

そうしたら魔王とほとんど話すことなく三ヵ月を終えられたのに……。

（まさか自滅してしまうとは……）

普通に反応していたら幽閉ルートが確定していたというのだから笑えない。

必死に頑張っているのに、骨折り損のくたびれ儲けだ。

「まぁでも、バレてないならいいや。わたし、ちょっと休むね。ララちゃんも一緒にお昼寝しようよ。あとで着替え手伝ってね」

「まかせろ」

エリィはララと一緒にベッドにもぐりこみ、布団の心地よさに身を委ねる。

お友達とベッドでお昼寝、なんという至福だろう。

（あぁ、こんな自堕落な時間がずっと続けばいいのに……）

「怪しいとは思いませんか」

魔王城の執務室。

膨大な書類に片っ端からハンコを押す魔王にケンタウロスが問いかけた。

「ヌ？　なにがだ。アラガン」

「ディアナ王女ですよ。彼女、本当にあのディアナ・エリス・ジグラッドですか？」

魔族に嫁いできた姫に対し容赦のない疑いをかけるケンタウロス――宰相アラガン。魔王の右腕を自負する彼にとって王に近付く女は誰であろうと警戒対象だ。

ディアナ・エリス・ジグラッド。

ジグラッド王国が抱える王族の恥部とも言われる放蕩娘である。

曰く、舞踏会に出席するたびにエスコートの男が替わっている尻軽女。

曰く、王族の義務を放り出して遊び呆けている怠惰王女。

曰く、罪人の身体に大好きな拷問を繰り返す悪逆王女。

曰く、曰く、曰く――。

魔族にまで聞こえ来るディアナの噂はどれもが悪評ばかり。

しかし、実際に来た彼女は勇ましき王女として出迎えられてしまった。

噂と実態のあまりの違いにアラガンは戸惑いを隠せない。

「噂は当てにならぬ。それは其方が一番よく分かっているのではないか」

「それはそうですが……それはそれで良心が咎めると言いますか」

アラガンはポリポリと頭を掻いた。

何を隠そう、今回の人族と魔族の講和条約を推し進めたのはアラガンだ。

(我々はもう限界だった……それは人族も同じ)

相次ぐ戦争により労働力が失われ、農作物の収穫もままならない。各領地を治める魔侯たちは贅沢をしようと税金を吊り上げ、兵士を強制徴集する始末だ。

そもそも、戦争を始めた理由すら忘れるほど長い戦に魔族は疲れ切っていた。

一部の過激派を除き、真の意味で人族が嫌いな者などどれほどいるものか。

だからアラガンは穏健派の代表として和平を推し進めた。幸いにも人族代表であるジグラッド王は話の分かる者で、とんとん拍子に話が進んだ。そして両種族の和平の証として婚姻をすることになり、それならとアラガンが要求したのがディアナだ。

魔族に嫁ぐのは人族にとっての重大任務だが、魔族が歓迎するとは限らない。ともすれば苛めのようなものが始まるだろうと推察して、噂に名高い悪女を指名した。

たった一人で魔族の中に引っ張り込んで、万が一辛い目にあったとしても罪悪感を覚えないように。人族側としてもそんな女を差し出すなら大歓迎だと思ったのだ。

「あの王女……無垢……というか、悪ぶろうとしているだけで空回り感があるというか」

「可愛いだけではないか?」

「魔王様のこともテーブルクロスにすると言ってました」

「勇ましくて良いではないか」

ダメだこの魔王、すっかり王女を気に入っている。

もちろん女を見る目ではない。面白い玩具を見つけた子供のような目だ。

こういうところも魔王の魅力の一つとはいえ……。

「いくらなんでも魔王様が喜ぶことをやりすぎなのです。あれがすべて演技で、魔王様を誅殺(ちゅうさつ)する策略だとしたら、我々は見事に騙(だま)されていることになります」

「ヌ。其方は余が人族の娘ごときに後れを取ると言うのか？」

「そうではありませんが、人族の魔導技術の発展には目を見張るものがあります」

「まぁ、それは確かに」

「それにやはり、噂と違いすぎるのがどうにも……」

「本物の姫などそんなものだ、とも思うが」

魔王――リグネは執務の手を止めて言った。

「余の右腕がそう言うのだ。其方の懸念が当たっているかどうか、確かめてみよう」

魔王城での晩餐会はエリィの人生で間違いなく最高のものだった。

紫色でスライム状のよく分からない料理もあったものの、食べてみれば極上の美味しさで、フォークを動かす手が止まらなかった。結婚式の時はもっと盛大にやると言うのだから、晩餐会だけでも参加出来ないかと考えてしまうほどである。

(このケーキ最高〜〜〜! 身代わりのご褒美だよぉ!)

エリィはメイド長から食事マナーを学んでいたので、内心はどうあれ、第三王女らしい振る舞いは出来たことだろう。

「どうだ、エリィよ。食事は満足してくれたか?」

「んごほっ⁉」

「?」

思わず喉を詰まらせたエリィにララが水を注いでくれる。

ごくん。と呑み込み、トントンと胸を叩いたエリィは魔王と目を合わせた。

こちらの一挙手一投足を観察する、為政者の眼差し。

心臓が跳ねた。ドクンドクンと加速度的に脈が速くなり、視界が狭まる。

エリィはゆっくりと、震える唇を動かそうとして声にならなかった。

(な、なんでバレたの? どこで? なんでわたしの名前知ってるの?)

「何かおかしいところがあったか?」

魔王は不思議そうに首を傾げた。

「ディアナ・エリス・ジグラッドと呼ぶのも長いだろう。ディアナでもいいが、やはりエリスを縮めたほうが愛称らしくて面白いと思ってな。人族は親しい者を愛称で呼ぶのだろう。ん？」

………。

「そ、そうですわね。まぁよろしくってよ」

エリィは口元をナプキンで拭いながら顔を背けた。

（あ、焦った〜〜〜〜！　バレたかと思った〜〜〜〜!!）

背中は冷や汗でびっしょり濡れてしまっている。

あとで水浴びしようと決意しつつ、エリィは咳払いした。

「では私も、あなたのことはリグネと」

「うむ。そうするがよい」

魔王を名前で呼ぶなど本来はメイドであるエリィには不敬もいいところなのだが、王女を装っている手前、ここでこちらも呼ばないのは不自然だ。

（決して親しい男女が名前で呼び合うアレじゃないから！）

憧れていた乙女小説に同じ場面があって照れを隠せないエリィ。

と、そんな彼女の下に——。

「レモン水をお持ちしました。姫様」

「ありがとう」

「いえ、とんでも――きゃっ！」

エリィに水を運んだ蛇人女(ラミア)の使用人が、水をぶちまけた。

王都一の職人が作った真紅のドレスはレモン水に汚され、無様な格好となる。

（あらら。ご主人様のドレス汚れちゃった……まぁしょうがないかな）

などと思っていると、蛇人女の使用人はサァ、と顔を蒼褪(あおざ)めさせた。

「も、申し訳ありません!!」

粗相をした使用人が地面に額をこすり付けた。

「ひ、姫様になんと不敬な……申し訳ありませんでした!!」

「え？　いや別に水をこぼしたくらい」

「――我が花嫁に何たる不敬だ。この痴れ者(しれもの)め」

がたんっ!!　と立ち上がったリグネが使用人を見下ろす。

それはエリィに食い殺す宣言をした時と同じ、冷たく残酷な目だった。

「遠方よりやってきた客人に振る舞う食事を、其方はすべて無駄にした！　この魔王の顔に泥を塗る行為だ。この罪、どのような処罰を受けても贖(あがな)いきれぬぞ！」

「ひっ……!!」

怒れる魔王の迫力にはエリィも悲鳴を上げてしまいそうになる。

（そんなに怒らなくても……）

同じ失敗をしたことがあるエリィは使用人に共感を通り越して同情していた。

自分の時はディアナが仲裁に入ってくれたが、魔王のような主だとそうはいくまい。

（服をダメにされたくらいでさすがに言いすぎだし、何か言ったほうがいいかな……）

「仕方ない。エリィよ、すまんが試したいことがある。付き合ってくれるか？」

「はい？　試したいことって……」

「なに。我が右腕であるアラガンが其方を偽者だと疑っているのだよ」

「な⁉」

エリィは思わず飛び跳ねそうになった。

アラガンが目を眇（すが）める。

「そこまで動揺なさるとは、やはり心当たりがおありで？」

心臓が爆走を始めたエリィを見つめながらケンタウロスは言う。

エリィは落ち着け、落ち着け、と自分に命じつつ、

「ななな、何を馬鹿なことをおっしゃっているの⁉　と申し上げようとしたのです。噛（か）んだのは、あれですわ。ちょっと歯に舌が挟まっただけですわ」

「それはそれは、大丈夫でしょうか？」

「お気遣いどうも。おかげさまで何ともありませんわ」

「うむ。余もな？　馬鹿馬鹿しい話だと一笑に付したのだよ。この暗黒龍ヴォザークを謀ろうなどとは、国を五回滅ぼしても贖いきれぬ大罪。真実なのだとしたら即刻首を刈り取った上で死体をジグラッド王国へ送り出していたところだ」

　心当たりしかないエリィは冷や汗が止まらない。

　これまでは優しい態度だった魔王の酷薄な顔に、エリィは彼の本性を見た。

（や、やっぱりこの人は魔王様だ……処女を好んで食べるんだ……！）

「そこでだ。一つ、試してみようではないか」

「試す、ですか」

「うむ」

　リグネは使用人の女性を見下ろした。

「聞けば其方は罪人の爪を一枚一枚剝がし、歯を抜き、目玉を剔り貫いて決して殺さず痛みを与え続ける、拷問が大好きな悪逆王女なのだとか」

「へ」

　リグネは口の端をあげ、

「さぁエリィよ。ここにおあつらえ向きな罪人がいるぞ？」

　笑顔を消し、凄みのある真顔で言った。

「この罪人の処遇は好きにするがいい。残虐にして冷酷なる悪女よ」

「…………!!」

「其方が本物の『悪逆王女』ならば、自分の服に水をこぼした使用人の一人を処刑するくらい朝飯前だろう。この魔王が許す。煮るなり焼くなり好きにせよ」

「申し訳ありません、どうか命だけはお許しを……！」

エリィは扇で口元を隠しながら内心で冷や汗をかいた。

「拷問、ね」

（なにそれ無理無理無理無理！　絶対無理なんですけどぉ！）

自慢ではないが、エリィは痛いのが得意ではない。

簞笥につま先をぶつけただけで悶絶するし、包丁で指を傷つけたら涙目になる。以前、歯を悪くして医者に診てもらったが、口の中に異物が入るのすら怖くてたまらなかった。

それを人にすると考えるだけで顔が蒼褪めてしまう。

（どうしよぉ。拷問なんて絶対だめだし。かといって……）

エリィはちらりとリグネを見る。こちらの一挙手一投足を観察する絶対者の目。

（もしも対応を間違えたら、わたしの人生終わり。食べられて終わるのはやだぁ！）

いわばこの状況は社交界で無茶ぶりをさせられているに等しい。

ならば対応は決まっている。

こういう時、メイド七つ道具の一つ、『お仕事手帳』によれば――。

「そう。なら、お望み通り好きにさせてもらうわ」

エリィは立ち上がり、扇を閉じた。

そう、相手が自分に悪女を望むのならば――。

エリィはリグネの隣に立ち、浅葱色の瞳で無茶ぶり男を見上げた。

「魔王様。罪人の処遇を決めたわ」

「ほう、どうするつもりだ？ 串刺しにして血を流させるか？ 歯を引っこ抜いて目の前に並べるか？ 爪を剝がし、舌を抜き、目玉を刳り貫くか？ 其方にまつわる噂はどれも興味深いものばかりだ。今回はどのような拷問を見せてくれる？」

「決まってるわ。こうするのよ」

――……ぺちん‼

エリィはリグネの頬をひっぱたいた。

「魔王様…！」主を傷つけられたアラガンが動き、ララも前に出る。

「アラガン、よい」

「ララ、下がって」

「「は」」

両者の従者が引き下がり、リグネとエリィは向かい合った。

「さて、ディアナ・エリス・ジグラッドよ。この魔王をひっぱたいたのだ。それなりの理由はあるのだろう？　もしも納得いく説明がなければ……分かるな？」

魔王の口から炎が漏れた。舞い散る火花にエリィは背筋に冷や汗を流す。

異形なる存在を前にして、しかし、毅然と胸を張った。

「理由？　そんなの決まってるわ。使用人の教育がなっていないからよ。部下の粗相は主の責任。人族社会ではそれが常識でしてよ？　……あぁ、それとも、野蛮な魔族の皆さまはそんなこともお知りにならないのかしら」

エリィは努めて挑発的な笑みを浮かべる。

（ふふ……こういう時は『逆』にしちゃえばいいんだよ！　これで万事解決！）

そう、相手がこちらに『悪女』を望むなら逆に正論を展開すればいい。

リグネは暴力的ではあっても理知的だ。自分が無茶を言っている自覚はあるだろうし、それが『悪女』の振る舞いであることも理解している。ならばここは、その逆を行こう。

（相手の望む方法と正反対のことをして、わざと怒らせる！　そしたらわたしは使用人さんを拷問しなくて済むし、魔王様もわたしを嫌って幽閉しようと考えるはず！）

「……それは余に対する愚弄と受け取るが、構わないか？」

「あら、偉大なる魔王様は粗相を指摘されて怒るほど器の小さい男なのね。どうぞお好きになさって。隔離塔に幽閉でもすればいいじゃない」

（キタ――――!!　魔王様のお怒り、いただきました！）

これは勝てる。今度こそリグネは怒って自分を幽閉するに違いない。

先ほどは迸るパトスが本音を叫ばせたせいでリグネに誤解を招く結果になったが、今回は誤解する余地がない。今、エリィは完璧に魔族と魔王を愚弄していた。

浅葱色の瞳と黄金色の瞳が交錯し、何も言わない時間が続いた。

「……は、はは」

何がツボに入ったのか、リグネは笑った。

「は、はは。ははははは！　いや、これは見事！　この余を相手によくぞ啖呵を切った！　さすがは天下の悪逆王女だ。それでこそ、余の花嫁に相応しい！」

「……で、私への処罰は？　魔王様をひっぱたいたのよ。幽閉はいつするの？」

「幽閉？　馬鹿なことを言うな」

魔王の手がするりと伸びて、ディアナの顎を摑み、上へ向けた。

「これほど面白い女を手放す余ではない。部下が失礼をしたなら主が詫びるべき。まさにその通りだ。この魔王が謝罪する。許せ。余は其方を侮っていたようだ」

（え、え？　何が起こってるの？）

エリィにはなぜリグネが上機嫌なのか分からない。

悪女と真逆を行けば、品行方正な王女の姿そのものであることに気付かない。

（こ、こうなったらもっと怒らせるしかない……！）

かッ、怒りに顔を赤くしたエリィは魔王の手を振り払った。

「気安く触らないで！　私、そんなに安い女じゃなくてよ」

「うむ。そのように気が強いところも好きだぞ」

「ふん。私はあなたのことが大嫌いよ」

「なおよし。其方のような強情な女は好みだ。噂通りに賢いとあれば、なおのことな」

(だからなんでそうなる⁉)

リグネは初対面の人間に「食い殺すぞ」と脅すほど短気だ。

自分の翼をテーブルクロスにすると言われて喜ぶ変態で、ただ客に水をこぼした使用人を怒鳴りつけ、エリィに悪女としての振る舞いを望む暴力的な王だ。

(なのになんでわたしのこと気に入ってるの⁉)

何かがおかしい。

もしかして自分は、何かとんでもない勘違いをしているのではないか？

全身の水分を絞り切る勢いで見えない汗を流したエリィはそっぽを向いた。

「……話にならないわ。私のことを分かったような気にならないで」

(ここは一旦退却！　これ以上事態が悪化する前に逃げないと！)

「ヌ。どこへ行く？」

「私室ですわ。どこかの誰かが私を試すせいで疲れてしまったの。あぁ、その食事は使用人の方に差し上げて？　私の残りを下賜するのだから光栄に思って頂戴な」

あくまで王女の振りは忘れない。

ここまで偉そうにしておけばリグネも自分を敬遠するはずだ――。

そうそう、とエリィは振り向いた。

「私の服に水をかけた責任は取ってくださいね、魔王様。この真紅（ピュア・ルビー）のドレスは金貨三十枚の値が張る代物。無論、魔王様が弁償してくれるのでしょう？」

「あぁ、もちろんだ。楽しみに待っていろ」

「……ふん。野蛮な魔族に私を満足させるドレスが作れるかしら、見ものだわ……うふふ、うふふふふ！　せいぜい頑張ってくださいね。行きますわよ、ララ」

「はい。王女様」

悪辣な嗤（わら）い声を上げながらエリィは臣下を連れてその場を後にする。

私室に入り、臣下が扉を閉めると、勢いよくベッドに飛び込んだ。

そして叫ぶ。


「もうやだぁあ〜〜〜〜〜〜〜〜〜〜〜！　死ぬかと思ったよぉ〜〜〜〜〜〜〜〜〜〜〜〜！」

子供じみた仕草で枕に顔を押し付けてばたばたと足を動かす。

「わたしに王女様の役なんて無理だよぉ。ご主人様のバカバカバカぁ！」

先ほどの毅然とした態度はどこへやら、涙目で思いの丈を叫んでいた。

「なにあれ！　爪を剝がしたり舌を抜いたりって本気⁉　歯を抜いたらご飯食べられなくなっちゃうよ！　誰がそんな残酷なことするのさ！　ご主人様だってしないよ⁉」

「ん。噂が独り歩きしてる。いつものこと」

ララは片目を隠しながら、持ち込んできたせんべいをぽりぽり食べている。

「それより魔王様喜んでる。バレてないよ、エリィ」

「う……そう、かな」

エリィはそっと息をついた。

顔をあげれば、鏡には本物の王女と同じ雪色の髪と赤い服で仕立てられた少女が映っている。

鏡に映る浅葱色の瞳は不安げに揺れていて、とても王女には見えない。

それはそうだ。エリィは貧民街出身の、ただのメイドでしかないのだから。

「塔に幽閉してくれれば楽だったのに、どうして喜ぶの……普通、会ったばかりの人にひっぱたかれたら嫌いになっちゃうでしょ？　なんで嫌いにならないの……」

「バレなかったからすべてよし」

「……まぁ、それはそうだけどね。わたしだって死ぬのは嫌だし。うん」

エリィは不安げに瞳を揺らしながら従者を見た。

「バレてないなら殺されない……よね？」

「もち。あの魔王ならバレてもエリィを殺さない…………………はず」

「断言して⁉」

本物だと疑われた時は心底焦ったもので、正体がバレなかったことはいいことなのだが、あの魔王の威圧的な瞳はどこまで見抜いているのか分からず、一抹の不安が残る。

「ほんと、全部ご主人様のせいだ……帰ったら王都で一番高いお菓子奢（おご）らせてやるんだから」

しかも本物の王女は遊び呆けているというのだからタチが悪い。

「あの時、わたしがご主人様の提案を断っておけば――」

「つまりはエリィの自業自得。反省すべき」

「そうだけど！　断れる状況じゃなかったしぃ……もういいよ、今は寝ようよ」

「その前にお化粧落とさないと肌が荒れる」

「寝る前にお菓子を食べてる人に言われたくないけどね⁉」

「それで、満足したか？　アラガン」
エリィが居なくなった食堂でリグネはアラガンに尋ねた。

ケンタウロスは神妙に頷く。

「ええ、大変おもしろ――失礼、興味深いと思いました」

「言い直せてないぞ」

リグネは言って、跪かせていた使用人に顔を上げさせた。

「其方にも苦労をかけたな。要らぬ手間をかけさせた」

「いえ。魔王様のお役に立てるなら人族のゴミクズに頭を下げるくらいなんとも」

「申し訳ありません」を連呼していた者とは思えない物言いである。

使用人――もとい、サクラを演じていた蛇人族の女は腰を折って退室した。

「私のことはともかく。陛下はどのようにお考えで？」

ふむ、とリグネは顎を撫でる。

「可能性は三つだな」

そして指を三本立てる。

「一つ、噂は噂に過ぎなかったという説。何ともつまらない真相だが、噂の真相とはこんなものだ。世界はそこまで面白くできていない」

「ですが、魔王様はそう考えていないと？」

「うむ。二つ目、其方が言うようにあの王女が偽者であるという場合。これはこれで面白いが、少々趣に欠ける。人族ごとき脆弱な種族がこの余を謀ろうというのだから、ジグラッド王国は滅ぶべきだ……しかし、余はこの説もどうかと考えている」

「――というと？」

「和平に応じた人族は偽者を差し出すほど愚かではないだろう。それに、顔も写真と同じだしな」

確かに、とアラガンは納得する。

彼の言っている通り写真と同じ顔だからこそ、アラガンは偽者であると断定できずにいたのだ。

特に魔道具を使っている気配はない。あのララとかいうメイドの内包する魔力は人族最高と言えるほどだが、彼女が魔術を使っているそぶりもなかった。

「そして最後の一つ。王女が『悪女』を装っていた可能性だ」

「悪女を、装う……？」

つまりは演技。噂のすべてはニセモノであるという説――。

「そうだ。余はこれが噂の真相ではないかと思っていてな？」

リグネは愉しそうに笑う。

「政治的な問題から逃れるため、わざと阿呆を演じていたのではないかということだ。あるいは何か別の目的があったのかは知らぬが……ともかく、今の王女こそが真の姿。其方が噂に聞いていた『悪女』は、彼女が世間から逃れるための仮の姿だったのだ！」

「な、なんですって……⁉」

アラガンは雷に打たれたように膝をついた。

「それが噂の真相ですか、陛下！」

「そうだ。余の脅しにも屈さず、我らの前で見せた勇ましく純情な姿こそが王女なのだ。そう考えると、アラガンよ、実に可愛げのある娘だとは思わぬか？」

「確かに！」

魔王宰相アラガンはケンタウロス族一の智将（ちしょう）である。

幼い頃から武勇に優れ、街の図書館の蔵書をすべて読破し記憶した彼の頭脳は魔族一と言えよう。ただ、そんな彼の欠点を一つ挙げるとするなら――。

「陛下がそう言うなら間違いないですね。このアラガン、お見それいたしました！」

アラガンは魔族一の魔王好き、ということである。

歴代魔王の名をすべて記憶し、彼らが為政者として何を為したかも覚えている。

魔王オタクとも呼ばれる彼の信仰は魔王一人に向けられる。

加えて、千年の時を経て魔王となったリグネの優秀さには心服していた。

この方に仕えることこそ彼の喜び、彼が黒を白だと言えば迷わず白と言う。

それがアラガンというケンタウロスだった。

「しかし、王女は何の目的で悪女を演じていたのでしょうか」

「それだ」

リグネはパチンと指を鳴らす。

「余もずっと考えているのだが、てんで思いつかぬ。だからこそ面白いではないか」

二人は愉しそうに、本人が居たら卒倒しそうな言葉を続けた。

「余は奴を気に入ったぞ。今、流れている噂の真偽も知りたくなってきた」

「もし悪女を演じているのだとしたら、彼女の噂にはすべて裏があることになります」

「うむ。奴は切れ者だ。ひょっとしたら其方の知能に勝るとも劣らない人材かも」

「そんな人材を人族から引き抜けたことは幸運ですね、陛下！」

「あぁ、まことに」

ただのメイドである。

「余はあやつが魔族の中で何をするのか見てみたい。この魔王を誅殺しようというなら、それもよし。どうやって最強たる余を殺そうというのか気になる」

「陛下を傷つけるなど無理だと思いますが……注意はしましょう」

「アラガン、余の楽しみを奪ってくれるな。あの王女で遊ぶのは余の楽しみなのだ」

「……かしこまりました」

アラガンは魔王オタクである。魔王の言うことには従う。

ただ、それは彼が愚か者ということではない。

「では、私は彼女がなぜ悪女を装っているのか探り、また、彼女の真の姿をさらに曝け出させるべく、今後も行動を見守っていきたいと考えます。よろしいでしょうか」

「許す。もっとやるがよい」

　リグネは快諾した。

「この余の妻になるのだ。四大魔侯を始めとした各種族に認められるため、出なければならない公務や祭儀は山ほどある。そこで其方が王女に仕掛け、彼女がどのように乗り切るのか楽しみにするとしよう。ふふっ、こんなに愉快なのは数百年ぶりだ」

「……陛下、もしも彼女がその過程で死んだら……」

「ん？　まぁその時は、そこまでの女だったということだな」

　魔族の祭儀はただの祭儀ではない。

　危険な祭儀は除外したほうがいいかという問いにリグネは否と答えた。

「死んだらそれまでだ。事故として死ぬなら人族も文句は言うまい」

　リグネにとって――いや、両種族にとってこの和平条件はただの政略結婚だ。

　結婚自体に興味があったわけでもなく、リグネは手段として利用したに過ぎない。仮に死んだとして、人族には適当に「体調が悪いので休んでいる」と言えば何とでも誤魔化せる。

「どの道、悠久の時を生きる余に番（つが）える者などおるまいよ。遠慮はいらんぞ」

「は。ではそのように」

　アラガンは頭を下げつつも、魔王の瞳によぎった寂しさを見逃さなかった。

（今はまだ、陛下は王女をただの玩具として見ている……）

繰り返すが、アラガンは魔王信奉者である。
絶対的な力に惚れ、寛大な御心に触れ、行いに感動し、仕えると決めている。
そして何より、彼にはリグネに幸せになってもらいたいという部下心があった。
(しかし、あの噂に裏があるなら……世界を欺いた彼女なら、あるいは……)
アラガンは決意する。
必ずや王女の真の姿を暴き出し、陛下に相応しき女か確かめようと。
もしも相応しくないならば途中で排除し。
そして、彼女が真にリグネと寄り添えるなら、その時は——。
「ディアナ・エリス・ジグラッド……試させてもらいますよ」

——エリィの受難は、まだまだ始まったばかりだった。

断章

　赤。

真っ赤に濡(ぬ)れた部屋のなかで少女は泣いていた。

少女の周りには夥(おびただ)しい数の骸(むくろ)が転がり、地面に血の池を作っている。

『やったぞ！　実験は成功だ！』

『魔核適合率九十パーセント……歴代最高の数値です！』

『量産は可能なのか？』

『非常に珍しい個体です。難しいのではないかと』

どうしてこうなったのだろう。

ただ安らかな眠りを、穏やかな世界を望んでいただけなのに。

『――っ、個体の魔力密度が急激に上昇しています！』

『いかん、暴走だ。鎮静剤を注入しろ！　データを取るまで絶対に死なせるな！』

汽車が蒸気を噴き出すような音と共に、部屋の中に白い煙が注入される。

皮膚接触からも神経に作用する強力な魔煙だ。

うっとうしい。

「《開け(ゲート)、煉獄の門(ゲヘム)》」

ゆらりと立ち上がった少女の目から涙が蒸発し、周囲の煙を焼き尽くす。

少女の背後、虚空から現れたのは門だった。

「《出でよ(コール)。大いなる者(ステラ)、煉獄の門番(ラディウム)、境界を統べる焔の王(イフリクス)》」

死する者たちを誘(いざな)う、魔の呼び声。

それは炎であり、歌であり、死そのものだった。

門から這(は)い出(で)て来た無数の炎腕が少女を取り巻く、あらゆる者を焼き尽くす。

『ぎゃぁあああああああああ！』

『おい、鎮静剤はどうした！　なぜ暴走が止められれあああ』

『ピー、ガガ……ブツン』

少女は檻(おり)を壊した。

悠然と、外に歩いていく。

檻の外は世界だった。数多(あまた)の人間たちが震えながら自分に武器を向けていた。

『――楽園より来たれ(パラディウム)、その名は塵灰の覇者(ザデス)なり』

破壊と悲鳴の渦を巻き起こしながら、少女は思った。

あぁ。人間は。

かくも愚かで、かくも度(ど)し難(がた)い……。

第二章　ニセモノ姫の大誤算

ハッ!!　と、エリィは跳ね起きた。

荒く呼吸を繰り返し、胸を押さえる。

ドクンドクンと心臓がすごい速さで脈打ち、背中はびっしょり濡（ぬ）れていた。

――今のは一体……。

「んぬ……エリィ、おは？」

そっと隣を見ると、寝（ね）ぼけ眼（まなこ）のララがエリィを見上げていた。

「ララちゃん……うん、おはよ」

そうだ。そういえば昨日は心細いから一緒に寝たんだっけ。

寝る前のことを思い出したエリィはそっと息をつき、微笑（ほほえ）んだ。

「もう。護衛が主より遅起きなんてダメでしょ～」

「ん。平気。うちは敵が来たらすぐ起きる」

「ほんとかなぁ？」

からかいつつ、エリィはララの隠れた左目が見えて――。

「あれ？　ララちゃん、その目……」

「――ん。なんでもない」

ララはいつも隠してる左目を髪で覆って起き上がった。

「これはうちの古傷。気にしなくて良き」

「……そっか。ならいいんだけど」

まぁ誰にでも触れられたくないコンプレックスの一つや二つはあるだろう。

エリィとて、まだ発展途上の胸を揶揄（からか）われたら怒る自信があった。

「お腹（なか）空いた。ごはん食べたい」

「はいはい、じゃあ食堂行こっか」

こんこん、と扉がノックされた。

「ディアナ様。お召し替えのお手伝いに参りました。入っても」

エリィはララと顔を見合わせ、慌てて仕事モードに切り替えた。

「い、今行きますわ！　まだ入ってこなくてもよろしくてよ！」

早くベッドから出て、とララにお願いする。別に友達と一緒に寝ることを恥ずかしく思うわけではないが、悪女として名の通ったディアナが従者と一緒に寝ていたとあればあらぬ誤解を招きかねない。寂しいから、なんて言おうものなら今までの頑張りがパーだ。

（あと三ヵ月。絶対に生き残るんだから！）

エリィは固く決意して、ぐうう。とお腹を鳴らすのだった。

「エリィ。お前には四大魔侯と祭儀を行ってもらう」

「四大魔侯……ですか」

食堂で朝食を終えると、魔王がエリィにそう切り出した。

（四大魔侯。どこかで聞いたことがあるような。ないような）

「其方も知っての通り、四大魔侯は余の腹心の部下たちだ」

「そうなんですか」

リグネは怪訝そうに眉根を寄せた。

「王女なら当然知っていると思ったが？」

「はっ、や、と、当然、知っておりますわよ？　もちろん知っておりますが、私の持つ情報とそちらの持つ情報が正しいかすり合わせたかったんですの。ララ、私が知る四大魔侯の情報をリグネ様に教えてあげなさい」

「……ん。四大魔侯は魔族における最大戦力たち」

苦し紛れのエリィをララがフォローする。

『星砕きの鬼』アルゴダカール。

『母なる蛇』マザー・ザリアネス。

『極楽悪魔』ロクサーナ・リリス。

『怠惰妖精』レカーテ・ハイロード。

「特に『星砕き』は筋肉ダルマ。うちの魔法を無理やり突破してきたアホ」

「ご苦労様、ララ。私の持つ情報と相違ないわね」

（ふぇぇぇ……なんか怖い名前の人ばっかりなんだけどぉ……）

内心で涙目になりつつ、エリィは「ごほん」と咳払い（せきばらい）した。

「それで、その四大魔侯とやらがどうしたんですの」

「明日から余らは奴（やつ）らの領地をそれぞれ回り、祭儀を執り行う」

なんだか嫌な予感がしてきたエリィである。

「魔族の中では魔王の妻を『魔女将（アミール）』と呼んでいてな？　代々、四大魔侯に認められた者しか魔女将（アミール）にはなれない決まりになっているんだが、今代の四大魔侯はずいぶんと人族嫌いで、和平に猛烈に反対した。それを余が強硬に推し進めたものだから、奴らは拗（す）ねたのだ。『人族の花嫁など認められるか』と言ってな。つまり……」

（もしかして……）

「『人族の花嫁など殺してやる』と伝文が来た」

（やっぱりぃ〜〜〜〜〜〜〜〜〜〜⁉）

「あ、あなたはそれを許容したの？　仮にも私の夫でしょう？」

「王の妻たるもの。部下の一人や二人を絆せぬようでは先がなかろう」

「んぐ……」

「故に、其方は祭儀で四大魔侯に自分を認めさせなければならぬ。励め」

言いたいことは山ほどあるが、言っても無駄だろうなとエリィは思う。

これは魔族の価値観であり、エリィとは違う世界の考え方だ。

到底受け入れられるものではないとはいえ、人族のエリィが変えさせることは難しい。

（巻き込まれるほうはたまったもんじゃないけどねっ!!）

「それで、四大魔侯を回る順番だが、アラガンに決めてもらった」

「はい」リグネの側に控えていたアラガンが進み出た。

「まずは『星砕きの鬼』アルゴダカール侯です。かなりの武闘派で人族を一番嫌っていますが、逆にここを乗り切ってしまえば後は楽勝なので、初めに面倒くさい男をクリアしちゃいましょう。まぁ、『王女』殿下なら余裕ですよね？」

ケンタウロスの微笑みは、本物のディアナが嫌いな貴族に向ける笑顔に似ていた。

愛想だけ取り繕っているが、内心では敵意剝き出しという奴である。

（この人、まだ疑ってる……絶対に疑ってるよ!!）

さてどうしようか、とエリィは考える。

（わたし、その祭儀とか絶対無理なんですけど）

祭儀とやらが何をどうするものなのかは知らないが、四大魔侯に認めさせることなど出来るはずがない。なぜならエリィは王女ですらない、一介の平民メイド。

ついこの間まで夜中に一人でお手水にも行けなかったほどの怖がりなのである。

（行きたくない……魔王様の意向に逆らってる時点でやばい人たち確定だよ……）

相手はあの雄々しくかっこよくも恐ろしい竜に逆らえる怪物たちだ。

そんな人たちを相手どるなど自分には荷が勝ちすぎている。

（ら、ララちゃん）

エリィはララと目を合わせ、無言で救援を求めた。ララは頷いた。

（ん。がんばれ）

（そうじゃなくて!?）

ぱちぱち、ぱちぱち、と瞬きで訴えると、ララは「ふ」と笑って親指を立てた。

この友達護衛、何も分かってない。

（うみゅ……こうなったら）

エリィは淑女用の小さな鞄から小型ばさみを取り出す。

ダンッ!!　机にはさみを突き立て、居丈高に胸を逸らしたエリィは悪女を演じる。

「いいでしょう。やってやりますわ。四大ナマコだか腰砕けだか知りませんけど、所詮、野蛮な魔族の祭儀でしょう？　魔王様の下に甘んじる弱者など、この私がけちょんけちょんにひねり潰して、調教して差しあげましょう。そう、囀る豚のごとく！」

「ほう」リグネが唸り、黄金色の目が不穏な光を帯びた。

「其方は余の腹心の部下たちを『豚』と愚弄する気か」

「ええ、もちろん。何か問題が？」

（よし、よし、良い感じ……！　もっと怒ってください、魔王様！）

　これこそがエリィの考えた作戦。

　名付けて『魔王に嫌われて祭儀そのものを無くしちゃえ大作戦』である。

（誰だって大切な人を馬鹿にされたらムカつくし、仲良くしたくないよね？）

　エリィもディアナを馬鹿にされたら怒る。お前が何を知ってるんだと思ってしまう。

　つまりここでリグネに嫌われ、今回の結婚そのものを忌避してもらうのだ。

　そうすればエリィは晴れて幽閉生活。さすがの魔王もずっと王女を閉じ込めてはおかないだろうから、三ヵ月後、入れ替わったディアナに何とかしてもらえばいい。

「それはなんとも――」

（さぁ、魔王様、わたしを嫌ってください。さぁ、さぁ！）

「なんとも――頼もしいな」

「え？」

「いや感心した。其方は何度も余を驚かせてくれるな」

「ちなみに過去、我が娘を魔王様の妻にと名乗り出た部族長たちが居たのですが」

リグネに続いてアラガンは笑顔で言った。

「全員死んでいますので、どうぞ頑張ってくださいね」

「え」

「さすがは余の妻だ」

リグネは大層満足そうに頷いた。

「いや、どうしようか考えていたのだよ。嫁いできたばかりで祭儀を行わせるのは可哀そうだし、其方が及び腰であれば三ヵ月ほど先延ばしにしてもいいかと思ったのだが……」

「……!?」

「ふ。杞憂だったな」

（え、えええええ……!?）

つまり、黙っていれば幽閉生活を満喫できたってこと？

もしかしてわたし、また余計なことしちゃった？

「王女の心の準備が良さそうなので明朝出発しましょう。ご支度を」

（ちょ、ちが）

「其方の活躍、楽しみにしているぞ、エリィ」

（違うんだってばぁあああああ⁉）

盛大に自爆したエリィは、声にならない絶叫をあげるのだった。


魔族の領地は大まかに五つに分けられている。

まずは中央領。ここは魔王が座す城のある地で、魔族領域の中心に位置している。その周りを囲む土地は四つの領域に分けられており、それぞれ四大魔侯が管理する領地となる。

領地にはそれぞれ特色があり、例えば『怠惰妖精』の領地であれば奇怪な木々が生い茂り、『母なる蛇』の領地には巨大な地下空洞がある。そしてエリィたちが向かった先、『星砕きの鬼』の治める領地は魔族領域で最も過酷な場所。魔獣がひしめく荒れ地に囲まれた都市だった。

百獣の都、と呼ばれている。

「なんというか、魔獣がうようよいますね……」

『星砕き』の領地に入ってエリィが最初に抱いた感想である。

領地の七割が荒れ地だというが、少し周りを見ればすぐそばで魔獣同士が戦い、勝ったほうが負けたほうを食らっているというグロテスクな光景も見られた。

エリィは蒼褪(あおざ)めた顔で口元を押さえる。

「百獣の都は弱肉強食を主にしている。武闘派が多い魔族の中でも強くなくては生きていけない環境にあるのだ。故に、人族と和平を結んでのうのうとしている余のことが気に入らないのだろう」

リグネは空中で尻尾を大きく揺らしながら口から火を漏らす。

エリィは今、リグネの背に乗って飛んでいる状態だった。

巨大な黒龍となった彼の背中は広く、出っ張りのある鱗に摑まれば安心である。最初は怖くてたまらなかったが、慣れてみるとかなり気持ちいい。

エリィ以外のララやアラガンといった従者たちは地上で竜車を走らせていた。

（あー、ずっとこのままで居たい……祭儀なんて受けたくない……）

「ヌ」

「どうしました？」

「竜車が襲われている」

「え⁉」

本当だった。

地上でララたちを乗せた竜車が、尻尾に電撃を纏う狼に襲われていた。

体長三メルトにも及ぶ巨大さだ。あんな狼、エリィは見たことがない。

「助けなきゃ！」

「あの程度、アラガンたちでいなせると思うが」

「それでも助けなきゃ駄目でしょう！　部下が襲われて放置する王様がどこにいますか！」

「至言だな」

摑まっていろ、と言われてエリィは首裏の鱗にしがみつく。

途端、リグネは猛スピードで滑空し、龍の黒爪が、狼を切り裂いた。

一撃である。「ギャウッ」と断末魔の鳴き声をあげ、狼の頭部はごろりと落ちた。

死体から目を逸らしつつ、エリィは「すごいですね」と呟（つぶや）いた。

「やっぱり強いのね、リグネ様は」

「まぁな。この程度は造作もない」

「陛下、お手を煩わせて申し訳ありません」

地上に降りたリグネの下へ、かっぽかっぽと走って来たケンタウロスのアラガン。

リグネは「よい」と頷いた。

「任せても良かったが、エリィの頼みでな。余が手を出した。許せ」

「いえ、構いません。ではいつものように？」

「うむ、頼む」

「……？　何をするんです？」

「決まっておろう。この狼を喰（く）うのだ」

「た、食べる……⁉」

（狼って食べられるのっていうか、今殺したやつ食べるの⁉）

竜車から降りて来たララに助けを求めると、ララは肩を竦（すく）めた。

「戦場ではよく食べてた。別におかしなことじゃない」

「そう、なのかしら」

「ん。鶏肉みたいな味」

「そうなんだ……」

あんまり知りたくなかったな、その情報。

そう思っているエリィをよそにリグネたちは焚火や鍋などを用意し、あっという間に料理をする支度を整えていた。まるで準備していたような手際のよさである。

「リグネ様。こういうことはよくありますの？」

「ある」

（あるんだ……）

「そもそも私、魔獣は魔族を襲わないものと思っていました。戦争で一緒に攻めてくると聞いていたものですから……」

「確かに魔族は戦争用に魔獣を調教することもあるが、調教のできない魔獣もいる。そういった魔獣は見境なく襲ってくるから殺すしかないのだ」

「でも、何も食べなくても」

「食べる」

リグネは譲らなかった。

「一度命を奪ったならおのれの糧とする。それが古き魔族の掟であり、命に対する礼儀だ」

「……そう」

「其方らも食事前に言うだろう。いただきます、と。あれと同じだ」

あれと同じか。なら仕方ないか。

そう言えるほどエリィの神経は図太くもなかったが、リグネたち魔族の価値観を否定する図々しさも持ち合わせていなかった。人間同士でも、牛を食べたらダメな国や、鹿を神聖視する国もある。魔族も同じということだろう。

（でもやっぱりグロテスクだな……吐きそう）

「其方も食うか？　アラガンが料理すると美味いぞ」

「……せっかくですけど、遠慮しておきますわ」

先ほどまで動いていた生き物を食べる神経も、やはり持ち合わせていないのだった。

「姫様。こっちにお菓子がある。一緒に食べる？」

「でも、今は食欲が……」

言いかけて、ここから遠ざけるための配慮だと気付く。

エリィは「そうね」と言い直した。

「いただきましょう。リグネ様、竜車の中で休んでますわね」

「分かった」

少し休んだのち、エリィは再びリグネの背に乗って飛びだした。

エリィの気分が優れないことが分かったのか、その後、竜車が魔獣に襲われても極力追い払い、殺さないように努めていた。先ほどのアレは、自分が助けるべきだと言った故の行動だと気付き、今後は余計な口出しを控えようと思うエリィである。

(命に対する礼儀、かぁ。やっぱり人族と魔族って違うんだなぁ)

きっとこれからも価値観や文化の違いが浮き彫りになるのだろう。

人族同士のそれとは違い、種族の違いはいかんともしがたい。

(こんなんでやっていけるのかな……よほほ……)

そんなエリィを見かねたのか——。

「エリィ。少しじっとしていろ」

「ほえ」

リグネが翼をはためかせると、金色の炎がエリィの身体(からだ)を包み込んだ。

「きゃ⁉」

「案ずるな。燃えはしない。熱くもない。ただ魔力を活性化させるだけの炎だ」

「そ、そう」

確かに炎らしい炎ではない。ぬるま湯に浸かっているような変な心地だ。

この炎に包まれていると、胸のざわざわが落ち着いて来てホッとする。

（もしかして、気遣ってくれた……？）

「そろそろ着く。見てみろ、あれが鬼族の都だ」

エリィはリグネの視線の先を追った。雲の切れ間から街が見えてくる。

周囲をぐるりと崖に囲まれた直径十キロルにも及ぶ巨大な盆地の都。

自然の岩を加工したであろう家々が並び、大勢の魔族たちが行き交っていた。

鬼族の都――百獣の都ガルガンディア。

街並みを見渡したエリィは素直な感想を口にした。

「住んでる家は人族とそう変わらないのですね……」

「まぁ、ここは元々人族の廃都を利用したものだからな。そういう場所は意外と多いぞ」

「へぇ……」

鬼族とひと口に言っても身体の大きな者や小さな者まで色々いるが、姿形自体は人のそれと大きく変わるわけではない。廃都を利用したほうが効率的なのは分かるが……。

リグネは徐々に高度を下げ、やがてゆっくりと地上に降りた。

「来やがったな、この軟弱魔王が！」

「ん？」

その瞬間、地面を蹴った大柄な影がリグネに飛び掛かって来た。

赤い鬼だ。頭から三本の角を生やし、丸太のような腕を振り上げている。

「今日こそその首を頂いて、オレが魔王になってやらぁあ！」

「邪魔」

「ぼへぇああ⁉」

リグネが軽く火を噴いた。

それだけで、赤い鬼は無惨にも丸焦げになり地上へ落下する。

リグネも着陸し、エリィが尻尾伝いに黒龍の背から降りると、リグネは人型になった。

エリィを庇（かば）うように立ちつつ、魔王はため息をこぼす。

「相変わらず直線的すぎる。工夫を覚えろ」

ガバッ、と真っ黒に焦げた赤い鬼が立ち上がった。

「工夫？　てやんでぇ！　んなもんは軟弱モンのすることだァ！　オレたち鬼族に打ち砕けぬものなし！　真正面から突撃するのが漢（おとこ）の花道ってもんよ！」

エリィは首を傾（かし）げた。

「あれ？　でもさっきリグネ様に負けてましたわよね……」

「エリィ。喋（しゃべ）るな、馬鹿が移る」

「ん？　オメェは……」

思わず突っ込んだエリィに赤い鬼が近付いてくる。

改めて見ると大きい。身長は二メルト半はあるだろう。

一つ一つの身体のパーツが幅広くて分厚く、上腕に至ってはエリィの胴ほどに太い。

魔王軍四大魔侯の一人、『星砕きの鬼』アルゴダカール。

くわっ、と赤い鬼が目を釣り上げた。

「オメェが！　人族の王女かぁ！　ぶっ殺すぞ！　あぁん⁉」

（ひぃいいいいいいいい⁉　いきなり何なのこの人……⁉）

リグネに勝るとも劣らず――いや、それ以上に威圧感がすごい。

今にも人を食い殺しそうなアルゴダカールにエリィは膝が震えてしまう。

そんなエリィをリグネは面白そうに見て、

「紹介するぞ。こちらが余の妻であり、魔女将となるディアナ・エリス・ジグラッドだ」

ハッ、とエリィは姿勢を正した。震えている場合ではない。

生き残るためには、演じるのだ。

エリィは無理やり口角を上げ、優雅にカーテシー。

「ご紹介に預かりました。ディアナですわ」

顔をあげ、馬鹿にしたように鼻を鳴らす。

「噂通り脳みそまで筋肉で出来ている礼儀知らずですわね。今回は祭儀でその舐め腐った態度を叩き直して差し上げますから、そのつもりでいらして？」

「ん、だとぉ……このクソアマァ……」

「ほら、名前も名乗れない。えっとなんだったかしら……腰砕けのオルゴールさん？」

ブチ、と大鬼の血管が切れる音がした。

「テメェ、言わせておけばぁ……!!　祭儀を待つまでもねぇ。ここでぶっ殺してやる!!」

(や、やば。やりすぎた……!?)

大鬼の拳が振り上げられ――。

「おい」

エリィの顔面に直撃する寸前、リグネが一言を発した。

ただそれだけで、アルゴダカールは蛇に睨まれた蛙のように動けなくなってしまう。

黄金色の瞳は冷徹な光を宿していた。それは王の目だ。

「ここでエリィに手を出せば貴様の脳みそをぶちまけて鬼族を滅ぼすぞ。いいのか？」

「……っ」

「ただの可愛い挑発だ。受け流せ。分かったらその拳を引っ込めるがよい」

「わ、分かったよ……だからそんなに怒んな。冗談だろうが」

(絶対本気でしたよね!?)

あんなに怖いものが冗談であってたまるか！　と内心で抗議しつつ、

「ふん、他愛もない。女一人に負けるなんて、やはり腰砕けですわね」

「ハッ！　その割にはガクガク震えてるが？」

アルゴダカールは鼻を鳴らした。

「魔王の後ろに隠れてる甘ちゃん野郎が。オレはテメェなんざ絶対に認めねぇ」

「慌てるな。エリィの資質については、これからの祭儀で明らかになるだろう」

リグネのフォローに、アルゴダカールは小馬鹿にしたように笑う。

「ついにボケたか魔王。この細腕だぜ？　鬼族の赤ん坊のほうが強いだろうよ」

（そうでしょうね！）

とエリィは内心で激しく同意していた。

握手しただけで全身の骨が砕けてしまいそうな圧倒的な体格差。

同僚の侍女が男性に迫られた時に怖かったと言っていた意味が分かる。しかも、最悪急所を蹴れば逃げられる人族と違って、この鬼に迫られるのは百倍怖い。

「ま、オメェは魔王だからな。オメェだけは歓迎してやるよ、オメェだけは」

（やっぱり怖いよぉ……）

「祭儀で目に物見せてやる。覚悟しろ、クソ王女」

アルゴダカールが踵（きびす）を返すと慌てたように部下らしき者たちが街に出てきて、リグネに祝辞と歓迎の言葉を述べる。リグネは慣れた様子でそれに受け答えしてから、エリィを連れて歩き出した。

後から竜車でやってくるアラガンやララたちは待たないようだった。

「しかし、さすがだな。エリィよ」

「え？」

「先ほどのアルゴダカールとの会話のことだ」

リグネはえらくご満悦のご様子。

「あ、あれがどうしたんですの……？」

「ふ。皆まで言わせるな。余はちゃんと分かっているぞ」

リグネは自信満々に口元を緩める。

「わざと挑発してアルゴダカールの気質を見極めようとしたのだろう？　今後の祭儀でそれがどう活かされるのか分からぬが、すべては其方の作戦のうちだったのだ」

ずこー！　とエリィはズッコケそうになった。

動揺するエリィを見てリグネはますます勘違いしたようで、

「それほど慌てるとはな。やはり図星か」

「え、えっと、リグネ様、あの。私にはそのような考えなど一切なく……」

「そう謙遜するな。現に、奴よりも遥かに強い余の前では平然としているではないか。この魔王を見上げて『かっこいい』と宣った者は千年の時を生きてきた中で其方が初めてだぞ？」

リグネの前で平然としているのは慣れてきたからだし、かっこいいと言ったのは本音だけど素が出てしまった結果である。それらを良いほうに解釈するリグネの感心っぷりはとどまることを知らない。

「余の花嫁は勇ましいだけでなく、策士だと見える。さすがは『悪女』だな。あのアルゴダカールを手玉に取ってみせるとは。これは祭儀が楽しみだ」

「えーっと、あのぉ」

「ヌ？　何か言いたいことがあるのか？　まさかすべてが嘘(うそ)ではあるまいな？」

口の端を上げて鋭い牙を覗(のぞ)かせるリグネである。

自分の発言を楽しみに待っているリグネを見てエリィは悟った。

ここで否と言って失望されれば、間違いなく食い殺される……！

エリィは髪を払い、居丈高に胸を張った。

「よ、よくぞ見抜きましたわね！　さすがは私の夫ですわ！」

「うむ。そうであろう？」

「あのような小物、この私の敵ではありません。ご安心を！　王宮にいる時にタチの悪いご令嬢の躾(しつけ)を任されていましたから、こういうことには慣れていますの！」

「あぁ、期待しているぞ」

リグネはエリィの髪に触れて笑った。

「其方が何をやってくれるのか、今から楽しみだ」

曖昧に微笑みながら、エリィは内心で頭を抱える。

(——本当にどうしてこうなった⁉)


魔王歓迎の宴(うたげ)は百獣の都をあげて行われた。

狩猟したばかりの魔獣を持ち上げて次々と台所へ運んでいく男鬼たち、台所という名の戦場に集う女鬼は少しでも魔王の気に入る料理を作ろうと躍起になって鎬(しのぎ)を削り、子供たちは火の側で踊りを楽しみ、老人たちは昔話を酒の肴(さかな)に宴を楽しんでいる。

ぱっと見は荒れ地のようだが、魔獣を狩猟しているおかげか飢えている様子はない。魔王の下にある鬼族の総勢一万がここに集まっていた。

百獣の都、大広場。

何かの骨で組まれた壇上にエリィはリグネと共に座っていた。

「偉大なる暗黒龍陛下。このたびはようこそお越しくださいました」

「うむ。今夜は無礼講だ。楽しんでくれ」

「魔王様ー！　見て見て、この前掘ってくれた穴から水が出てきたの！」

「それはいい。存分に飲め。余ったら水浴びして遊ぶが良い」

「はーい！」

大人から子供までリグネに酒を注(つ)いでは去って行く。

笑顔を絶やさず、また気さくに話すリグネを見てエリィは感心した。

（魔王様、大人気だなぁ……）

人族の中では色々と悪い噂もあるが、魔族の中では人気者なのだろう。

アルゴダカールは敵視していたが、鬼族のすべてが魔王を気に入っていないわけではないのだ。

けれど、リグネの優しさの中に残酷な本性があることをエリィは知っている。

人族の女としては、どうか食べられませんようにと強く願うばかりだ。

いや、それよりも先に鬼族に殺されてしまう可能性のほうが高いが。

（だってさっきからみんな、わたしのこと無視するし!!）

鬼族たちはリグネに畏敬の念を滲（にじ）ませ、エリィを見た瞬間に冷えた視線になる。

チッ、と舌打ちした彼らの殺気たるや、ガクガク震えてしまうほど。

「ね、ねぇリグネ様。鬼族が私に冷たいのですけど。夫であるあなたから何か言うことはありませんの？」

「祭儀を終えるまではそんなものだ。むしろ奴らが今のような態度を取ったことを後悔し、其方に跪（ひざまず）く瞬間が、余には楽しみでならぬ」

ダメだこの魔王、もうどうしようもない。

エリィは縋（すが）るように背後に控えるララに目を向ける。

（い、い、いざという時は助けてね、ララちゃん……！）

ララは「まかせろ」と言いたげに頷いた。

今度こそ分かってくれていると思いたい……。

「オイ魔王ぉ！　飲んでるかよ、ひっく！」

その時、赤ら顔のアルゴダカールが絡んできた。

「あぁ、鬼族の酒は美味いな。少し強いが」

「どぅはははは！　だろ⁉　これがいいんだよ！　これが！」

ばんばんとリグネの肩を叩くアルゴダカール。

先ほど殴りかかったのが嘘のように彼の態度は親しげだ。

「でだ、オメェに紹介しておきたい奴らがいるんだが。ひっく」

「よかろう。会ってやる」

「そうこなくちゃ！　オイ、オメェら、お呼びだ！」

アルゴダカールに呼ばれて来たのは四人の娘たちだった。

鬼族特有の民族衣装を身に着けた彼女たちはエリィたちの前に居並ぶ。

「紹介すっぜ。まずはハルヴィル氏族のラーシャ」

「うふふ。よろしくお願いいたします。陛下」

派手な赤い着流しに三本角、優雅にお辞儀した少女と、

「トゥリヤ氏族のデノイ」

「よろしくっす！　陛下様！」

元気溌剌、ぴょんぴょん跳ねてそのまま飛んでいきそうな黒髪の二本角少女。

「ヴルマッカ氏族のイーサ」

「よろしくお願いいしたします、陛下♡」

身長もお胸も色々デカくて思わず見てしまう、とんでもない色気を持つ二本角少女。

「で、最後が……」

アルゴダカールは何か思うところがあるように一拍溜めて、

「ガルポ氏族のセナ」

「よ、よよよよよろしくお願いします……！」

一本角の少女の髪はアルゴダカールと似た桃色だ。どことなく似ているが、その態度は真逆と言ってもよく、小柄な体躯で震える様はエリィの共感を誘った。

（この子、仲良くなれそう）

アルゴダカールは四人を差して、

「魔王。こいつらがオメェの花嫁候補だ。王女、テメェと競うライバルだぜ」

「はぁ、花嫁候補…………花嫁候補⁉」

「鬼族の祭儀は簡単だ」

アルゴダカールは酔いがさめたように真面目な顔になった。

「より強い魔獣を魔王に捧げること。それはすなわち、鬼族を率いるに相応しき強さを持つことを意味する。本来なら魔女将候補である王女一人が参加する催しだが、オレたちは人族を認めねぇ。

つーわけで、こいつらのうちの誰かが王女に勝ったら、リグネ。オメェはそのクソ王女と別れて勝ったやつと番になれ」

めちゃくちゃな理屈だ。

自分が気に入らないからといって魔王の妻を排除するなど許されるわけがない。

エリィは憤然と立ち上がった。

「お待ちください！　そんな横暴、許されると思い」

「黙ってろ王女。殺すぞ」

「黙ります！」

思わず立ち上がったエリィは秒で沈黙を選んだ。

アルゴダカールの目はマジだった。殺されるのは御免である。

（でもいくら何でも横暴じゃ……確かにわたしは魔王様のお嫁さんになりたいわけじゃないけど、だからってお嫁さんじゃなくなったらわたし、殺されちゃうよね……⁉）

エリィがそっとリグネを見上げると、リグネは口の端を上げた。

「よかろう。その勝負、乗ってやろう」

「魔王様、本気ですの……⁉」

「エリィ、余は信じている。其方が真の力を見せ付けてくれるところをな」

（いや真の力ってなに）

まずい、なんとかしないと。このままじゃ殺される。

冷や汗が、背筋を滴り落ちた。

心臓が早鐘を打つ。思考がまとまらない。

口をパクパクとさせたエリィを置いて話は続いた。

「だが、余は平和を愛する。エリィとの婚姻は人族と魔族の平和を紡ぐためのもの。その平和を乱そうというのだ。それなり以上の代償は覚悟しておろうな？」

「もちろんだ。もしも負けたらオレの命は好きにしろ。だが、うちの姫たちの誰かが勝ったら……そいつはもう用済みだよな？」

ギロ、と睨んでくるアルゴダカールにエリィは震えあがった。

（ひぃいいいいいいいいいいい⁉）

待て、とリグネが助け舟を出してくれる。

「さすがにエリィを殺すのは外交問題だ。戦争が終結したばかりで人族とことを起こすのは避けたい。魔王城の隔離塔に幽閉するくらいが妥当だろう」

……………………ん？

…………。

「ま、オレたちの視界に入らないところに居るならどうでもいいか」

（んん？）

エリィは目を丸くした。

何やら思いもしなかった方向に話が転がっているようだった。

エリィが負ける。幽閉。殺されない。

つまり？

これはもしかすると、いやもしかしなくても、望み通りの展開では……。

エリィは念押しするように問いかけた。

「リグネ様、本気でおっしゃっているのですね？」

「うむ。魔王に二言はない」

「……なるほど？」

「仮にも魔王の女ともあろうもんが怯えんなよ。今すぐオレが殺してやろうか」

がくがくと震えて俯くエリィに鬼族の嫁候補三人がくすくすと笑った。

一人だけ気の毒そうにこちらを見ているが、エリィが気付くはずもない。

「魔王城に、幽閉……ふ、ふふふ」

エリィは怯えているのではない。歓喜に打ち震えているのだ。

（千載一遇のチャンス、キター――――!!）

これこそが、約束された勝利への道であると！

「その約束、男に二言はありませんわねっ?」

顔を上げたエリィが勢い込んで言うと、アルゴダカールは戸惑ったように引いた。

「な、なんだオメェ。いきなり元気になって――」

「あ・り・ま・せ・ん・わ・ね?」

「あ、当たり前だオラァ!　やんのかオラァ!」

先ほどのように凄(すご)むアルゴダカールの前に、震えるエリィはもういない。

なぜなら心が燃えていたから。ようやく巡って来たこのチャンス、逃(のが)してなるものかと。ぐるん、とエリィは面白がるリグネに振り向いた。

「リグネ様。あなたは?」

「言ったはずだ。魔王(余)に二言はない」

「ならばよろしい」

エリィは不敵に頷きながら、内心で狂喜乱舞していた。

(言質、いただきました〜〜〜〜〜〜〜〜!)

祭儀とやらの内容は魔獣を狩ることだと星砕きは言う。

より強い魔獣を狩り、魔王へ献上したほうが勝利なのだと。

ならばもはや、エリィを止められる者などいない。

（わたし、自慢じゃないけど弱さには絶対の自信があるし!!）

その辺にいる鬼族の子供に負ける自信がエリィにはあった。

そもそも人族と魔族とでは身体能力に差がありすぎる。その辺にいる鬼族の子供が二メルトを超える大岩を鞠のように投げ合って遊んでいるが、エリィにはあんな芸当は出来ない。鬼族相手なら赤ん坊にも負ける自信がある。

（わたしの敗北＝幽閉＝勝利。この方程式は覆らない！）

その方程式を成立させるために必要なのは生き延びること。

今回の祭儀は魔獣と戦うことだというが、さすがに魔獣に食われるのは笑えない。

ある程度の戦闘力は必要である。

いかに華麗に、いかに手早く、いかに致し方なく負けるか。

この三つこそ、エリィの勝利に必要な最重要項目と言えよう。

顎に手を当てて計算高く思考を巡らせたエリィは救い主へ水を向ける。

「アルゴダカール様！」

「な、なんだ」

「祭儀は魔獣と戦うことと伺いました。けれどまさか、誇り高き鬼族が人族の娘ごときに一人で戦えとは言いませんわよね？」

「はぁ？　いや、魔王の妻になるってんならそれくらい――」

「あら。怖いの？」

ハッ、とエリィは鼻で笑い、扇を広げて口元を隠した。

「たかが人族に、あの星砕きのアルゴダカールを生んだ鬼族が後れを取ると？」

いつの間にか、祭りの広場は静まり返っていた。

一万人の群衆がエリィとアルゴダカールのやり取りを見守っている。

「がっかりですわ。とんだ臆病者ですこと。いっそ『腰砕け』のアルゴダカールに改名したほうがよろしいんじゃなくて？　あ、『腰抜け』の間違いかしら」

「なんだと……！」

「ぶふッ」

リグネがたまらずに噴き出し、アルゴダカールの額に青筋が浮かぶ。

エリィは主人のことを思い出しながら、悪しざまに言った。

「そもそも！　魔女将（アミール）とは《力》の象徴たる魔王の部下に信を置かれる相談役のこと……と聞きます。求められるのは《力》よりも《信》であり《心》であり《知恵》でしょう！　そんなことも分からないくらいなら四大魔侯なんてやめてしまいなさい！」

ドドン、と憶測百パーセントで扇を鼻先に突きつけるエリィに、

「屈辱だ……ここまでの屈辱は初めてだぜ、女ァ……！」

アルゴダカールの筋肉は今にも破裂しそうなほど膨らむ。

血管が浮きすぎて、少しでも刃を入れたら血が噴き出しそうだ。

爆発寸前の火山を思わせるほど顔が赤くなった彼は叫んだ。

「いいだろう！　そこまで言うならやってもらおうじゃねぇか、オォ⁉　言えよ、王女。オメェは何を要求する。強力無比な魔導具か。それとも千人の精鋭か⁉」

「私が望むのはたった一つですわ」

エリィが言うと、メイド服を着たララが前に出る。

「この愛すべき護衛メイド、ララを同行させることを要請します！」

「いえーい。ぴーすぴーす」

顔の横でVサインを作る、緊張感のないララである。

アルゴダカールは片目を隠した少女をじっと見つめて「どっかで見たことあるような」と呟きつつ、

「…………女一人。それだけか」

「それだけ？　いいえ、これで十分ですわ」

訝しみつつも頷いた。

「いいだろう」

そして振り向き、叫ぶ。

「鬼族は王女の提案を受け入れよう。そうだろ、オメェラァ‼」

爆発のような歓声が響き渡った。

「その生意気な人族をぶち殺せ――‼」

「やっちまえ！　八つ裂きにしてしまえ、我らが四姫――‼」

「二度とその減らず口を叩けないように躾けてやれぇ――‼」

　エリィは扇を広げて艶然と微笑んだ。

「あまり吼えないほうがいいんじゃないかしら。弱く見えますわよ？」

「「「――――っ‼」」」

　鬼族のエリィへの怒りはもはや止まることを知らない。

　一方、本人はと言えば。

（ふ、ふん。べべべ、別に怖くないんだからね！）

　扇の裏で引き攣った笑みを浮かべていた。

　けれどエリィはめげない。たとえ味方がララ一人であるとしても。

（そう。今回はちゃんと言質取ったんだから！）

　リグネが『殺すのは不味い。幽閉すべき』と言った以上、殺されることはないのだ。貧民街で呑まず食わずの二週間を過ごした日々に比べれば、こんな罵声は鳥のさえずりに等しい。

「面白くなってきたな」

　リグネはにやりと笑って立ち上がった。

「其方が何を魅せてくれるのか、期待が膨らんで仕方ないぞ」

「ふふ。どうぞご覧あそばせ」

（わたしの華麗なる負けっぷりをね！）

鼻高々に胸を反らしたエリィに頷き、リグネは前に進み出た。

「これより三刻後、鬼族による魔女将祭儀（ジャッジメント・アミール）を始める！」

「オォォオオオオオオオオオオオオオオオオオオオオオオオ‼」

「ちなみに余の推しは王女だ。勝負と行こうではないか、アルゴダカール」

「おうとも！　今度こそオメェに一泡吹かせてやらぁ。気合入れてけよ、オメェら！」

「「「はい！」」」

「は、はいぃぃ……」

元気いっぱいな三人が嘲りの視線を向ける、弱気な少女。

この四人がどういう関係かは分からないが、今のエリィには関係ない。

（悪いけど、わたしの敗北が絶対条件。それ以外は構ってられないんだから）

特に関わることはないだろう。

そう、エリィは思っていた。

思っていた、はずなのに。

――百獣の都ガルガンディア。

――祭儀の間、控室。

先ほどの告知の後に通された部屋でエリィは打ち合わせをしていた。

相手は当然、宮廷魔術師でありポンコツ疑惑のあるメイド、ララだ。

「いい？　わたしたちの勝利条件は絶対的な敗北。最下位狙いで行くよ！」

「むぅ。魔族に負けるのはちょっと」

難色を示すララにエリィは凄んだ。

「何言ってるの！　ここで負ければ三食お昼寝つきの自堕落生活が待ってるんだよ⁉　魔族に殺される心配もない、誰かに食べられる怖さもない！　隔離塔で優雅に本を読みながら、三ヵ月間、最高の休暇を貰(もら)えるんだよ⁉　自堕落生活が欲しくないの⁉」

「お、おぉ……」

天啓を得た信徒のごとくララは跪いた。

「うちが間違ってた。ごめす」

エリィはいい笑顔でララの肩に手を置いた。

「自堕落な休暇、欲しいよね？　おやつ食べたいよね？」

「欲しい……食べたい……！」

「ならやることはなに？　うちは何をすれば？」

「エリィに従う。うちは何をすれば？」

エリィは満足げに頷いた。

「ララちゃんの役目はただ一つ。わたしを守って」

「ふむ？」

「わたし、全力で魔獣から逃げ回るから。殺されそうになったら守って欲しい。あと、適当なところで一位の人の邪魔をしようとするから、そこでも守って欲しい」

「……つまり、魔獣を倒さず参加者を攻撃する悪女ムーブを狙う？」

「理解が早い。さすがはわたしのお友達！」

そう、今回はただで負けるわけには行かないのだ。

派手に逃げ回った挙句、一位の人の邪魔をしようとする噂の悪女。

もしもリグネや鬼族がこの姿を目にすればどう思うかは自明の理だろう。

目指すは悪女である。主人であるディアナについた悪評を利用しよう。

そして派手に負け、リグネの失望を買おうではないか。

（魔王様、なぜかわたしへの期待値が高すぎるし……！）

期待が大きければ大きいほど、失望も大きくなる。エリィがここで派手に負ければリグネは失望し、隔離塔に幽閉したあと一切会わなくなるだろう。

そうすればもう魔族に食べられる心配もない。

あとはディアナがフラれるのを待てばいい。簡単な話だ。

「そろそろ準備しに行こっか。勝負は準備で九割決まるってご主人様が言ってたし！」

「……ディアナ姫って勝ったことなかったんじゃ」

「ララちゃん、何か言った？」

「エリィは策士。さすエリ」

「ふへへ。そんなに褒めても何も出ないよぉ……おやついる？」

「いただこう」

祭儀の間の控室は岩壁に掘られた穴の一つにある。穴同士は側面に掘られた廊下で繋がっていて、祭儀に必要な道具類は祭壇が安置された祭儀の間にあった。エリィがララと共に向かうと、祭儀の間から出てくる三人の少女が。

「あら。人族の王女ではありませんか」

「あーえっと……」

エリィは必死に記憶を手繰らせ、

「確かハルヴィル氏族の……ラビット様？」

「ラーシャですわ！　誰が兎ですの⁉」

赤い着流し服を着た三本角の少女——ラーシャが吼えた。

エリィはおっとりと首を傾げて頬に手を当てる。

「失礼しました。私、人の名前を覚えるのは苦手で」

「ふん！　さすがは下等種族でお山の頂点気取ってるだけありますわね。既に底が知れましたわ」

「分かるっすわー。やっぱ人族って感じ。ガワだけ取り繕って気取ってるもん」

「うふふ。色気が足りませんわ♡」

（わぁ、やっぱり魔族にも居るんだなぁ。こういうの……）

ディアナの貴族院に付き添っていたエリィは慣れたものである。

第三王女という権力が弱い立場であることと、いろんな男を漁（あさ）っていたディアナはよくこうして同級生に突っかかられていたものだ。まぁ後半は本人の自業自得なのだが。

エリィは傍観者の目線でそう思いながら、わざとらしく口元に手を当てた。

「あら。その下等種族に停戦まで持ち込まれた鬼族が何をおっしゃるのかしら」

「なんですって……？」

ラーシャの声音に険が混じる。

いいぞ、と思いながらエリィは続けた。

「色気やガワで勝てたら苦労はしないのですよ。そんなことも分からないからあなたたちは野蛮なのです。せっかく力があっても何も出来ませんわよ。その立派な角は飾りですか？　あ、ごめんなさい。分からないですよね、知能が低い鬼族の姫様たちには。私ったらとんだご無礼を……その角も見かけ倒しなのに、つい本当のことを言って……」

悲壮感を出しながらも相手を流し見るのも忘れない。

にやりと口の右端だけ上げて見えるようにするのが挑発のコツである。

『エリィ。挑発したい時は相手の大事なものを貶（おとし）めるのよ。あと正論。正論は暴力ね』

（ご主人様、エリィは今、あなたに感謝します！）

ディアナの言葉通り、鬼族の姫たちは殺気立った。

「言わせておけば……その生意気な口、叩き潰してやるっすよ！」

「テメェ、ワタシの美貌にケチつけてんじゃねぇぞ、あぁん⁉」

（イーサとかいう人、性格変わってない？　こわ……）

ちょっとドン引きするエリィに、

「魔王様に気に入られてるからって調子に乗らないことですわね」

ラーシャが絶対零度の眼差（まなざ）しで言った。

「お前は、絶対に祭儀で負かします。覚悟なさい」

「ありがとうございます！　よろしくお願いします！」

「は？」

ぽかん、とラーシャたちは目を丸くした。

（おっとしまった）

　エリィは笑顔の仮面を張りつけ、

「うふふ。お互い、いい勝負をしましょう？　それじゃ、失礼するわね」

　うふ、うふふふ。と不気味な笑みを浮かべながら歩き出す。

（挑発、大・成・功！　わたしの勝利はもはや確定した！）

　エリィが危惧していたのはあの少女たちが実は魔族の穏健派で、エリィを勝たせようとすることだった。しかし、あの様子ではちゃんと人族のことを嫌っているようである。

　大事な種族の誇りを穢（けが）された娘たちは、殺気立ってエリィに勝とうとするだろう。

　それでいい。そうでなくては困る。

（えへへ、やる気を出した鬼族にわたしが勝てる道理なんてないし！）

　ディアナの傍（そば）で悪女ムーブを学んでいた甲斐（かい）があった。

　完全に油断しきったエリィは、だらけた表情で祭儀の間へ。

　石造りの祭儀の間は中央に絨毯（じゅうたん）が敷かれ、左右の壁は獣の骨や皮で飾られている。最奥には祭壇が安置されており、その手前に五つの箱が置かれていた。

　五つの箱には魔獣を狩るための罠（わな）や武具類が入っている。

　しかし――。

「う、ぅうう……どうしよう、どうしよう……」

端っこの箱の中身がぶちまけられ、ガラス瓶や武具の類が砕かれていた。

見れば、損壊した箱の前で一人の少女が泣きべそをかいている。

「こ、これじゃ魔獣に勝てません……殺されちゃいます……」

（あらあら。これは……）

エリィは先ほど祭儀の間から出てきたラーシャたちを思い出す。

要は、嫌がらせだ。このおどおど少女は彼女たちに虐められているのだ。

先ほどこの場では、

『あらあら。どうしたんですの？　これでは勝てませんわねぇ』

とかわざとらしいやり取りが行われたに違いない。

美しい桃色の髪の少女の泣き顔に、エリィは思うところがあった。

「ねぇ、そこのあなた」

泣いていた少女が顔を上げ、ぽかんとした顔でエリィを見つめる。

「え？　あ、王女様……」

「ごきげんよう。ガルポ氏族のセナ、でしたわね」

「う、うん……じゃなくて、はい、そうです……」

「その箱は、奴らに壊されまして？」

「はい……」

「どうしてなの？　何か理由が？」

　セナは悔しそうに俯いた。

「わたし、一本角で、役立たずですから……あのラーシャって子は従姉で……三本角で強くて……氏族同士の会合で、よく虐められてて……だから、わ、わたし……うぅう……」

「泣くんじゃありません！」

　エリィはセナの前に跪いて、その両頬を手で包み込んだ。

「いいこと、セナ。あんな奴らのために泣いてやる涙なんてないの。女が涙を見せていいのは、嬉(うれ)しい時だけ。その涙は取っておきなさい」

「お、王女様……でも……」

　セナは使い物にならない道具類を見て瞳に涙を溜める。

「一本角のわたしじゃ、道具がないと魔獣は倒せませんし……」

「ララ」

「ん。まかせろ」

　ララが運んできた箱がセナの前に置かれる。

　エリィ用に用意されていたものだ。さすがに魔王の妻の道具に手を出すことはしなかったのか無傷である。「え、え？」と困惑するセナにエリィは微笑んだ。

「これ、全部あなたに差しあげますわ」

「えぇぇぇぇぇ!?　で、でも、そしたら王女様、素手で……」

「元より私にはこんなもの必要ありませんの。ララが居ますからね」

セナから顔を背けながら、にちゃぁあ、とエリィは悪魔の笑みを浮かべる。

(道具を持ち込まずに祭儀に参加したら調子に乗ってるって言ってもらえるし！　そしたらますますラーシャさんたちが怒って負けやすくなる！　これぞ完璧な作戦ってやつだよ！)

勝利が確定した以上、セナを手助けしたとしても問題ない。どうせ自分は負けるのだし、四人で潰し合ってくれるなら上々。セナが勝つようなら悪者が嫌な目にあってスッキリする。これぞ一石二鳥の作戦。エリィ、渾身(こんしん)の策である。

「そうと決まればあなたに差し上げたいものがあります。ララ」

「ん。うち特製の魔薬」

ララが鞄から取り出したのはフラスコに満たされた緑色の液体だ。

人族が誇る魔導技術の粋を込めたポーションは身体能力を向上させる働きがある。

「これを飲めばあなたも調子が良くなるはずですわ。さぁどうぞ」

「あ、ありがとうございます……」

「どういたしまして」

にこ。と素の笑顔で微笑んだエリィにセナはおずおずと問いかけてきた。

「あ、あの。どうしてそこまで……」

「あら。泣いている少女を見捨てる王女が居まして？」

エリィは立ち上がり、セナに背を向けた。

「私は私が思う正義を為（な）した。それだけですわ」

「王女様……」

「では、祭儀で会いましょう。またね。セナ」

ばさりと白髪を翻し、エリィは堂々と歩き出す。

（決まった〜〜〜〜！　わたし、今ちょっといいこと言ったんじゃない⁉）

憧れていた乙女小説の一節。いつかは言ってみたい、五指に入る台詞（せりふ）だ。

決め台詞の快感に酔いしれるエリィに、

「あの……わ、わたしも、こっちですから……」

「…………」

隣に並んで祭儀へ向かう、セナ。

気まずい空気が漂い、かぁぁぁあ、とエリィは顔が真っ赤になった。

「さ、祭儀、一緒に頑張りましょうね……！」

「いっそ殺してください……！」

セナの精一杯のフォローに、エリィは両手で顔を覆うのだった。

（王女様、優しいなぁ。こんな人が魔女将（アミール）になってくれたら、一生お仕えしたい……）

隣を歩く人族の王女を見ながら、ガルポ氏族のセナは一本角に触れる。

（でもダメですよね……わたしなんかじゃお役に立てませんし……）

鬼族の強さは角の本数で決まる。角には外界のマナを取り込み、身体能力を活性化させる機能が集約されているからだ。つまり、角が多ければ多いほど扱える魔力が増える。

通常の鬼族は二本角を持って生まれるが、アルゴダカールを始めとした有数の強者は総じて三本の角を持っていた。

対して、一本角は真逆。本来は生まれるはずもない角足らずだった。

（お父様も誰も、わたしに期待してませんし……でも、王女様は声をかけてくれた……）

——嬉しい。頑張ろうって思える。

こんな自分もこの人に言われたように頑張ってみたら、何か変わるでしょうか……。

セナは王女に貰ったポーションに口を付けた。これを飲んで頑張ろう。

（あれ……なんか、身体が……熱い……？）

　昼頃になり、いよいよ祭儀の時間がやって来た。

　百獣の都の大闘技場では五人の姫と一人の従者が来たるべき時を待っている。

　五百メルト四方の闘技場はかなり広く、入場ゲートの向こうで獰猛（どうもう）な獣の瞳がギラついている。

　飢えた魔獣が獲物を求める荒々しい唸り声が聞こえてくるようだった。

「それではこれより、魔女将祭儀（ジャッジメント・アミール）を始める！」

「「「オォォオオオオオオオオオオオオオオオオオオオオ!!」」」

　あいにく曇天だが、観客席は凄（すさ）まじい熱気に満ちている。

　百獣の都に住まう、鬼族一万人の視線を浴びながらエリィは身震いした。

（さ、さすがに緊張する……！）

「四大氏族、そして人族の王女ディアナ、前に！」

　アルゴダカールのよく通る声が響きわたった。

　エリィたちが前に出ると彼は続けて、

「これからお前たちの前には二百匹の魔獣が放たれる！　その中でより強力な魔獣を倒し、最後まで立っていた者が勝者となる。各々、用意された武具や罠を使い、死力を尽くして臨むように……人族のクソ王女に目に物見せてやれ！　負けんじゃねぇぞぉ！」

「「「はっ!!」」」

セナを虐めていたラーシャたちは棘のついた籠手を身に着けていた。

アレで殴られればエリィは即死する自信がある。

（絶対に近付かないようにしよう。そうしよう）

決意するエリィに、アルゴダカールは怪訝そうに眉根を寄せた。

「おい、王女。オメェ武器は」

エリィは武器を持っていない。強いて言えば扇が彼女の武器だ。

「必要ありません。私にはララが居れば十分です」

「あ？」

「聞こえませんでした？　鬼族ごとき、メイド一人居れば事足りると言ったのです」

これ見よがしに悪女ムーブをかます。

一万人の鬼族の額に青筋が浮かぶ音が聞こえてくるようだった。

エリィは扇で口元を隠しながら、

「よく見ているといいわ。そこの雑魚三人が無様に負ける様をねぇ」

四大氏族から魔王の妻にと選出された三人。

つまり鬼族を代表する姫君たちを、雑魚呼ばわり。

「「「ぶっ殺す!!」」」

爆発のような怒号をエリィは心地よく聞いていた。

この会場のすべてが敵になったような空気。

もはやエリィの敗北は決まったようなもの。つまり最高であった。

（全然怖くない。だってこれが終わったら隔離塔で幽閉生活だから！）

「せいぜい頑張ってくださいね。えっと……あなたたち、名前なんでしたっけ？」

もう十分だとは思うが、ダメ押しに挑発する。

ラーシャは角を発光させながら眉を吊り上げた。

「ここまでの屈辱を受けたのは初めてですわ……ディアナ・エリス・ジグラッドっ‼」

「あら意外ですわ。屈辱を受けるような誇りがあなたにあったんですね」

「――もういい！」

怒りに打ち震えるアルゴダカールが言った。

「一刻も早く、そいつをぶち殺せ。いいなオメェラァ！」

「「「はっ！」」」

星砕きの本気の叫びに三人の姫たちは背筋を伸ばした。

ただ一人、セナだけは不思議そうに手を握ったり開いたりしているが。

（今は構ってられない。行くよ、ララちゃん！）

（ん。任せろ）

ドォン、と銅鑼(どら)の音と共に入場ゲートが開かれ、飢えた二百頭の魔獣が走って来た。

五メルトを超える蛇であったり糸を吐く牛であったり、翼の生えた狼であったり、あるいはとてつもなく脚が長い豹であったり、その種類は多い。

さすがのエリィもこの迫力には恐怖を隠せなかった。

（ひいいい～～～～～！　あんな大量に来るなんて怖すぎる……！）

その中でもひときわ目を引くのは巨大な象である。

黒い靄をまき散らし、湾曲した角を持っている姿はいかにも親玉の風格を纏っていた。

予習した情報によれば、確か名前は厄災象といったか。

確か、あの魔獣が一番点数が高かったはずだ。

「さぁ行きますわよ、皆さん！」

「「はい！」」

その証拠に、ラーシャが連れの二人に指示をして象へと向かっていく。

勝つためにはあの象を倒すのが手っ取り早い。

だがその真逆、敗北を望むエリィがやるべきことは――。

「逃げますわよ、ララ！」

「よし来た」

エリィは全力で明後日の方向を向いて走り出す。

当然、逃げようとする獲物に魔獣たちは殺到しようとする。

「全力でやっちゃいなさい、ララ！」

「え、全力出していいの？」

「当たり前ですわ何をやってますの……うわ来る、こっちに来てるよ助けて⁉」

およそ十メルトほどだろうか。

あと一秒もすればエリィの鼻先を爪が掠(かす)める距離まで迫られていた。

（怖い怖い怖い怖い怖い怖い！　魔王様よりよっぽど怖い！）

理性がなく本能でこちらを狙う魔獣には手加減がない。

あの鋭利な爪で切り裂かれ、強烈な牙で噛(か)みつかれたらと思うと居ても立っても居られない。

だからこそ、エリィはララに叫んだわけだが――。

「……ふ。ついにうちの本気を魅せるときが来たようだ」

違和感。

（あれ？　そういえばララちゃんの魔術って本格的に見るのこれが初めてな気が）

脳裏に過(よぎ)る、ジグラッド王とディアナの会話。

『まぁ、魔族に対して見境がないから一度魔術を使えばあたり一帯を更地に変えてしまうが……そのせいで味方から敬遠されてもいるが……』

『天才魔術師にして問題児なんてエリィには言わないほうが良さそうね』

サァ……とエリィは顔を蒼褪めさせた。

「ちょ、ララちゃん、ま――」

　遅かった。

　ララは不敵に笑って高々と杖(つえ)を掲げた。

「《紅蓮(ぐれん)は呼んだ、大いなる悲鳴を》《炎熾(おこ)りて火花は弾(はじ)ける》《歌え歌え踊れ》」

「待ってララちゃん！」

「《破壊する楔(くさび)》《響きわたる滅びの晩鐘》《焔(ほのお)よ、今こそ我が敵を灰燼(かいじん)と化せ》！」

　ララの杖がひときわ強く輝き、次の瞬間、地面に幾何学模様の魔術陣が広がった。

「『大爆裂連鎖(エクスプロ――ジョン)』!!」

　――……ドォンッ!!　ドッドドドドォォォオオ!!

　魔獣が爆発した。その隣も爆発した。

　一つの爆発がまた爆発を呼び、連鎖的に爆発が広がっていく。

「きゃぁああ！　な、なんですの!?」

「ラーシャ様、こちらに避難を！」

　悲鳴と怒号を呼んだ大魔術はすべてを爆裂させ、粉塵(ふんじん)をまきあげた。

　エリィは咄嗟(とっさ)に身体を丸めて地面に伏せ、嵐が通り過ぎるのを待つ。

　シィン……と、水を打ったように闘技場が静まり返っていた。

　もうもうとした黒煙に囲まれ、周りが見えない。

（な、何がどうなってるの……？）

見るのが怖い。けれど見ないわけにもいかない。

エリィは恐る恐る顔をあげ、晴れていく黒煙の向こうを見つめる――。

闘技場にクレーターが出来ていた。

二百匹以上いた魔獣の四分の一ほどが見るも無惨に黒焦げになっている。

「え……ぇぇええええええええええええ⁉　あ、あれ、あれって……！」

「完璧。ぶい」

「ちょぉっとやりすぎかなぁああああぁ⁉」

かなぁ、かなぁ、かなぁ――……。

山びこのように声が響きわたり、エリィはハッとした。

周りを見れば、誰もがララのもたらした被害を見て唖然（あぜん）としている。

さもありなん。闘技場の四分の一が消し飛び、五十体以上の魔獣が灰になったのだ。

まるで、時間が止まったかのような感覚だった。

魔獣も、四人の姫も、観客たちもピクリともしない。

いち早く立ち直ったのは魔族の王――リグネ。

「あの威力、あの魔力……まさかあのメイド、『戦場破壊者（フィールド・ブレイカー）』か……！」

（戦場破壊者（フィールド・ブレイカー）ってなに⁉）

リグネに続いてアルゴダカールも慄(おのの)いたように、

「戦場破壊者(フィールド・ブレイカー)……！　俺たちが築いた陣地を何度も破壊しやがったあの……奴の魔術には何度辛酸を舐めさせられたことか……！　軍団を壊滅寸前まで追い込まれたことは数知れず、奴の存在のせいで作戦が成り立たねぇってアラガンの奴が嘆いていた……」

（へぇ。やっぱりすごいんだ、ララちゃん……）

「まぁ人族ごと攻撃に巻き込むから、ある意味撤退戦の時に助かったが」

（何してんのララちゃん⁉）

エリィが慄いたように見るが、ララはにこりと微笑み、

「天才は語らず。ただ業(わざ)だけで語る」

「語れてないけど⁉」

確かに護衛を頼みはしたけども！　守ってくれはしたけども！

魔獣こんなに倒して目立ちすぎだよ！　作戦台無しだよ！　闘技場めちゃくちゃだし！

（あ、あわわわわ、さすがにこれは不味いんじゃ……！）

魔獣たちはララを怖がって近付こうとしないし、やりすぎた感がすぎる。

目をぐるぐる回したエリィの様子にララは意気消沈したように肩を落とした。

「エリィ。うち、間違えた……？　役立たず……？」

（う）

エリィは痛みを堪えるように両手で胸を押さえた。

お友達のララが落ち込んでいる様は、エリィの庇護欲をこれでもかと刺激した。

(ま、まぁ結果的には、あれだよ。あんまり負けすぎても、あれだしね？)

リグネが失望した結果、心変わりしないとも限らない。あまり無様に負けすぎてもダメではあるので、これ以上何もしなければ、まだ負けることは可能だろう。

「お……おーっほほほほほほほほ！」

エリィは口元に手を当て、胸を反らして大笑いした。

闘技場中の視線を集め、ビシッ！　とララに扇を向ける。

「よくやってくれたわ、ララ！　これですべて計算通りよ！」

「⁉」

「野蛮な伝統を続ける鬼族たちもこれで少しは理解したでしょう！　そう、この私、ディアナ・エリス・ジグラッドこそ、鬼族を統べるに相応しい魔女将であると！　人族の技術を以てすれば、歴史ある闘技場を破壊するのもお茶の子さいさいですわぁ！」

一万の鬼族の額に青筋が浮かぶ気配。

「そもそもこんな古臭い闘技場、壊れたほうが世のため人のためですわぁ！」

直後、怒号が響き渡った。

「ふざけんな――――‼　鬼族の歴史をなんだと思ってやがる⁉」

「ぶっ殺せ!!　今すぐそいつをぶっ殺せ――――!!」

(あぅう……わ、わたしだって好きで壊したんじゃないよぅ……)

祭儀が始まった時とは比較にならないほどの殺気。

エリィ、涙目である。

「エリィ……うちのこと、そういう風に言ってくれたのエリィが初めて……」

ララは感動したように目を潤ませ、

「うち、エリィに一生ついてく。これからも張り切って魔術する」

「お願いだからほどほどにしてね!?」

「了解した」

「絶対分かってないやつだこれ!」

悪女ムーブが上手(うま)くいったことに安心はするものの、一抹の不安も残ってしまった。

「ラーシャ姫――！　あいつらをぶっ殺してください！」

「内臓引きずり出せ――！　脳みそすり潰せ――!!」

(……うん、逃げよ)

エリィはラーシャやセナがいるのと反対方向に逃げ出した。

(不味いですわね……)

ラーシャ・ハルヴィルの頬に一筋の冷や汗が流れた。

眼前、王女のメイドが引き起こした惨状が現場の深刻さを物語っている。

伝統ある闘技場が破壊されたことが問題――ではない。

王女のメイドが五十匹以上の魔獣を殺し尽くした問題――でもない。

彼女が目下問題としているのは、着々と討伐数を重ねている一本角の少女だった。

「フ――っ!!」

銀閃(ぎんせん)が魔獣を真っ二つに両断し、小柄な少女がその死体の上に着地する。

飛び散る鮮血をものともせず受け止めた、桃色の髪が風に翻った。

(ガルポ氏族のセナ……！　あの出来損ないの一本角に、一体何が……!?)

一本角のセナは幼い頃から運動音痴で、ラーシャたちを煩わせていた。なまじ魔侯の娘だから周りも配慮せざるを得ず、魔族学校の授業ではいちいちセナの身体能力に合わせないといけなかったし、族長の娘ということでラーシャが世話を焼かされてきた。

うっとうしい。だから虐めた。

鬼族は強さこそすべてだ。角足らずである一本角を生かしておくなど言語道断。

強くなければ魔族は生きられない――殺してしまえばいいのだ、とすら思っていた。

それなのに、今のセナはラーシャたち三人と同程度に魔獣を狩っているのだ。

「力が、漲ってくる……これは……なんでしょうか……」

（そもそも武器の類は全部壊したはず！　誰があのブスに武器を……）

いや、今はそんなことを考えている場合ではない。

早く魔獣を倒さなければ、負けてしまうのはこちらだ。

「デノイ、私とイーサは厄災象を倒します。あなたはセナを！」

「了解！」

二本角であるデノイとイーサはこちらの味方だ。自分が魔女将になった暁には側付きにすることを条件に、こちらの味方をすると約束させた。

王女は——と周りを見渡したところでラーシャは目を見開いた。

彼女は既に魔獣から離れたところでこちらを見守っている。

（自分の勝ちは揺るがないとでも思ってるつもり……？　舐めてくれますわね）

ラーシャは槍を構え、厄災象に突撃する。

（目に物見せてやりますわ。首を洗って待ってなさい！）

（一時はどうなるかと思ったけど……これでわたしの負けは確定かなぁ）

エリィは完全にだらけきっていた。

ララが魔術で作った土の椅子で優雅にお茶を飲み始めるくらいだらけていた。

少し前を見れば、未だに魔獣と奮戦を続けるラーシャやセナたちが居る。

（うんうん、あとは魔王様の妻になりたい人たちで頑張ればいいんだよ）

「それもこれも、ララちゃんのおかげだよ。ありがとね」

「ん。うちも魔術撃ててスッキリした」

「そっかそっか。よかったね」

ずずず、とお茶を飲むエリィがひと息つく間に、

「デノイ、私とイーサは厄災象を倒します。あなたはセナを！」

「了解！」

ラーシャが活発な二本角に指示を出し、自らはイーサと共に厄災象に向かっていった。

デノイと呼ばれた二本角は、魔獣の陰に隠れたセナに向かっていく。

ぴきーん、とエリィの脳裏を閃きが走った。

（勝利を確実にするなら……邪魔しちゃっていいよね？）

先ほどは見逃したものの――。

貧民街生まれのせいで同僚たちに虐められていたエリィは、一本角のセナが置かれている状況に

思うところがあった。虐め、ダメ。絶対。

（ああいう悪い人にはひどい目にあって欲しい。可哀そうな人は報われて欲しいよ）

そうとなれば、エリィがやることは決まっていた。

「ララちゃん、もうひと働きお願いできる？」

ララは心配そうに杖を握った。

「何もしなくても負けは確定。もうやめたほうがいいんじゃ？」

「大丈夫大丈夫！　どうせ負けるんだし、最後はちょっとやり返したいし！」

「つまり……」

「セナちゃんを勝たせよう。で、あいつらにぎゃふんと言わせてやるの！」

（困っている人を放っておくのは悪女の流儀に反する、そうですよね、ご主人様）

リグネはこちらをじっと見つめているものの、その感情は窺い知れない。

エリィはちらりと闘技場の貴賓席にいる魔王を見やる。

エリィはにこりと微笑みながら、内心で悪い笑みを浮かべた。

（自分で魔獣を狩らず、対戦相手を蹴落とそうとする……これこそ悪女だよ！）

「《夢を現に》《巨神の祝福をあなたに》『肉体強化』」

ララの魔術がエリィの身体を光らせた。全身に力がみなぎってくる。

手のひらを見ると、薄い膜が張っていた。身体を守る防護魔術だ。

普段は子供にも負ける非力なエリィも、これで少しは戦えるはず。

「よし」

前を見る。兎の魔獣を狩ろうとしていたセナにデノイが突っ込んでいく。

「セナぁあああああああああ！」

セナは急なことで反応できない。

このままいけば十秒もしないうちに彼女は脱落してしまう。

(そうはさせないんだから！)

だからエリィは、二人の間に颯爽と飛び込んだ。

「――悪女キ～ック！」

「ぐは⁉」

デノイの頭に飛び蹴りを食らわせ、華麗に着地。

地面を二転、三転したデノイが気絶しているのを見て、ララへ指示を下した。

狙うべきは、セナを虐めていた張本人――。

「さぁ、ララ。やっちゃいなさい！」

「《紅蓮は呼んだ、大いなる悲鳴を》」

ララの詠唱が聞こえたのか、ラーシャたちがギョッと肩を跳ね上げ、

「ちょ、王女⁉　待ちなさい！　それはさすがに人道に反し――」

「問答無用！　虐めは滅ぶべし！　ですわぁ！」

「きゃぁあああああああああああああああああ！」

「おーほほほほほほほほほ！」

——……ドォンッ!!

爆発がラーシャたちを呑み込んだ。

炎に包まれた彼女らは黒焦げになってふらふら揺れ、地面に倒れる。

もちろん死なない程度に加減はされているが、自慢の角も炭化寸前だ。ぷしゅー……と煙をあげる彼女たちを一瞥（いちべつ）し、エリィは大満足。

（これでよし。さて、残りは……）

「王女様……」

不安げな声。振り返れば、セナが驚きの表情で自分を見つめていた。

今、この場に残った魔女将候補（アミール）はセナとエリィの二人だけだ。

（この祭儀の勝者は最後まで立っていた人だから、あとはわたしがやられれば……）

「セナさん、分かっていますわね」

「でも、わたしは……」

「いいのよ。手加減は無用！」

エリィはセナに飛び掛かった。

これ見よがしに叫ぶ。

「勝者の獲物を横取りにする、これが人族のやり方ですわぁあ‼」

「あ、悪女は許しません！」

……一閃っ‼

セナの放った斬撃が、エリィの身体に激突する。

ララが魔術障壁を張っているとはいえ、その勢いは殺せない。

勢いに逆らわずに反対方向へ吹き飛んだエリィは、

「やーらーれーたー……ですわ」

ばたり、と力尽きたように倒れた。もちろんやられた振りである。

続いてセナの飛ぶ斬撃が魔獣を蹂躙し、七体の兎が倒れた。

そこでよろよろと立ち上がったのは。エリィが蹴り飛ばした姫の一人――デノイだ。

「ま、まだ、終わってないっすよ……！　これをあちしが狩れば……！」

手近にいた兎を狩ろうとしたデノイだったが、

「――っ！」

ちゅどん！　と高速で跳ねた兎の頭突きがみぞおちに直撃。

腹に角が刺さり、「ちくしょう……」と言いながら倒れた。

地面に倒れた振りをしてそれを見ていたエリィにふと疑問が浮かぶ。

（あれ？　セナちゃん……なんか強すぎない？）
虐められていた子が実は強かった？　いや、鬼族の性質上、それはないはず。
ならどうして、デノイが一瞬で負けた魔獣を、セナは何十体も倒せているのだろう。
さっきあげた薬には、そこまでの効果はないはず……。
時間が止まったような静けさだ。誰もが予想だにしない勝者に唖然としていた。
（なんかわたし、とんでもない思い違いをしていたんじゃ……）
そして時は動き出し、アルゴダカールの声が響き渡る。
「勝者、ガルポ氏族のセナ!!」
「「「お、ォォォオオオオオオオオオオオオオオオオオオオオオオ!!!」」」
思考は歓声にかき消された。
誰もがセナを讃(たた)える声が聞こえてきて、なんかもうどうでもよくなった。
（……気になることはあったけど……これで終わり……）
つまりは幽閉。隔離塔。魔王との殺伐としたやり取りに悩まずに済む。
（これでようやく解放される……！　幽閉生活、やっほぉい！）
歓喜がエリィの身体に満(み)ち溢(あふ)れた。
立ち上がって服の埃(ほこり)を払い、エリィはララを従えて黙って出口へ。
「エリィ。いいの？」

「敗者は何も語らず。それが勝負の鉄則だよ、ララちゃん」

実際のところ、エリィは最後まで立っていなかったのだから負けは確定だ。

魔獣だって自分の力じゃ一匹も狩れていない。

ララが大量に殺戮したけれど、セナの数には劣るはずだし、部下に任せて逃げ回っている腑抜けに、魔王の妻が務まるはずがない。

（魔王様も失望したに違いないよ。ふふ、わたしの作戦は完璧に決まった！）

ララの魔術の威力は予想外だったが、それだけだ。

エリィの貧弱さはその程度では覆らない。

ちらっと振り返ると、リグネは顎に手を当てて何やら考え込んでいた。

あれはいつ自分を幽閉するか考えている顔に違いない。

さらばです、魔王様。エリィは魔王城の隔離塔で幽閉ライフを送ります。

万感の思いを胸に秘め、敗者はゆっくりと出口へ歩いていく――。

「お待ちください！　わたしは、この勝利を辞退します!!」

その声が、聞こえるまでは。

セナの辞退宣言に、エリィは息が止まってしまいそうになった。

慌てて振り向けば、セナは神妙に胸に手を当て、観客席の魔王を見上げている。

「この勝負、わたしの負けです」

(ちょ、待って。この子何言いだしちゃってんの⁉)

沈黙から一転、どよめきが闘技場に広がり、鬼族の視線がセナに集中する。

セナの突然の奇行にギョッとしたエリィはリグネが自分を見ていることに気付いた。

(な、何か知らないけど、とにかくやばい！)

幸い、今はセナが叫んだおかげでエリィへの注意が逸れている。

エリィはそろ〜り、そろ〜りと忍び足で出口へ向かった。

しかし、

「ディアナ王女。逃亡は許しませんよ」

「ひぃ！　アラガン様⁉」

ケンタウロスであり宰相のアラガンが立ち塞がった。

宰相直属の近衛(このえ)隊がエリィを取り囲んでいる。

「あなたは魔王城で幽閉されます。大人しくお縄に――」

「つきますつきます！　早く連れて行ってくださいお願いしますぅ！」

（なんだそういうことかびっくりした！）

エリィはアラガンの胸に縋りついた。

「は？」

「どうぞ！　ほら！　いくらでも縛ってくれて構いませんから！　さぁ、さぁ！」

「いえ、仮にも人族の王女に手荒な真似は……」

「なんでそこだけ真面目なんですか⁉」

何か知らないが、早く連れて行ってくれないと取り返しのつかないことになる気がした。やきもきしたエリィは近衛隊から鎖を奪い取って自分に巻き付けていくが、その間にもセナの抗議は続いていて――。

「セナ！　一度決まった勝負を覆すことは出来ねぇ。オメェの勝ちだ！」

「譲られた勝利に何の意味がありますか？　本来、勝っていたのはディアナ王女です！」

「はぁ？」

ぐるん、と観衆の視線が捉えたのは、鎖でぐるぐる巻きになったエリィであった。

「ほえ？」

エリィはきょとんと眼を丸くする。

その時だった。リグネが膝を曲げて貴賓席から飛び降りた。

一瞬で二十メルト以上の高さを飛び降りた魔王の眉間には皺が寄せられている。

(ひぃ!　た、食べられちゃう……!?)

「アラガン。なぜ我が花嫁はそのような鎖を巻いた姿になっているのだ?」

リグネの凄むような声に、アラガンが平伏した。

「は。実は隔離塔にお連れしようとしたところ、自らお縄につきまして」

「ほう?」

リグネの口の端が上がった。

「面白い。そこの娘の主張と関係があるのかな、エリィよ」

「まったく関係ありません!　私の負けは確定したので早く幽閉してください!」

「ディアナ様……もう、いいのです。大丈夫なのですよ」

いつの間にかセナが近くに来て、そっとエリィの腕に触れた。

「せ、セナちゃん……?」

「わたしは全部分かっていますから」

「絶対分かってないよね!?」

優しい声をかけられて、思わず素が出てしまったエリィ。

セナは、

「わたしはすべて分かってますから」

と繰り返し、エリィの鎖を力ずくで引きちぎった。

ばきぃ！　と鎖の引きちぎれる音が周囲を黙らせる。

（え？　は？　力、つよっ⁉　金属の鎖が簡単に……！）

あまりに簡単に引きちぎったので、エリィは鎖に触ってみる。

ちゃんとした鎖だ。エリィが引っ張ってもビクともしない。

この感想は周りも同じだったようで、貴賓席にいるアルゴダカールは目の色を変え、怪力を発揮したセナの下に駆け寄って来た。

「セナ、オメェ……」

「お父様、わたしはディアナ姫に救われました」

「お父様ぁ⁉」

驚愕(きょうがく)したエリィだが、驚いているのは彼女だけのようだった。

忙(せわ)しなく周りを見るエリィは思わずリグネを見上げた。

「リグネ様、知ってらしたのですか？」

「まぁな」

「で、でもセナさんはあの人たちに虐められて……」

「鬼族にとって一本角の子が生まれたってのは醜聞だ」

アルゴダカールが嫌そうに顔を顰(しか)めた。

「なにせ弱い。とにかく弱い。鬼族の角は魔力を全身に行き渡らせる装置みてぇなもんなんだが、一本角はこの魔力がとにかく弱くて話にならねぇ。族長の娘だろうがなんだろうが、弱けりゃ虐められもする。当たり前の話だ……当たり前の話……だった」

まるで、今は違うとでもいうかのように。

アルゴダカールの視線を受けながら、セナは慈愛の笑みを浮かべた。

先ほど怯えていた少女とは、まるで別人のような堂々とした姿だ。

「ディアナ様、もう分からない振りをしなくていいのです」

「分からない振りって」

普通に分からなかったのだけど。

「いいえ。あなたはすべて分かっていました。分かった上で行動されたのです」

「いい加減に話しやがれ、セナ。この王女は何をしようとした?」

「ディアナ様がやろうとしたこと……それは、鬼族の救済です」

「……どういうことだ」

アルゴダカールに見られた時、エリィは思った。

それはわたしが聞きたい、と。

「ディアナ様は知っていらしたのです。鬼族の確執を」

「いや鬼族の確執ってなに」

静かに語られる言葉に、闘技場の全員が耳を傾けていた。

エリィが抗議しようとすると、リグネが口に指を当ててくる。

「まぁ最後まで聞け。聞かないと……分かるな？」

全然分からないが、リグネにいい笑顔で言われて高速で首を縦に振るエリィである。

口の端から見えている牙が怖すぎる。

「わたしたち鬼族は後継者問題で揉めていました。お父さ——アルゴダカール様の出身であるガルポ氏族に目立った者はおらず、次点でハルヴィル氏族でしたが、アルゴダカール様には及ばない。トゥリヤ氏族、ヴルマッカ氏族も同様です。このままでは後継者を選ぶために血みどろの闘争をして決着をつけなければなりませんでした」

「……まぁ実際、バトルロイヤルで決着をつけようって話にはなってたな」

(鬼族野蛮すぎでは？)

セナは微笑んで見せる。

「ディアナ様はそれを分かっていらっしゃったのです。だから彼女はわたしを助けることにした。

現魔侯の娘であるわたしが力を発揮すれば後継者問題は解決しますからね」

「だが、オメェは一本角で……」

「そこがディアナ様の素晴らしいところなのです！」

セナは人が変わったように目をきらきら輝かせている。

「元来、一本角が弱いとされていたのは魔力を全身に行き渡らせる能力が足りないからという理由でした。しかし、それは大間違いだった！　これは体感して分かったことですが、一本角は魔力を高密度に圧縮することで膂力を倍加させることができます。けれど身体に負担をかけないために、無意識にその機能を制限していたのです。数百年もの間、そのことに誰も気付かなかった。ディアナ様を除いて!!」

「この女がその制限を取り払ったってのか？　一体どうやって……」

「これです！」

「私はポーションなんて持ち込んで……」

言いながら、セナの取り出したガラス瓶を見てエリィは目を見開いた。

……………………。

……………………あ。

「あ、あ、あぁぁぁ〜〜〜〜〜〜〜〜〜〜〜〜〜〜！」

それは確かに、エリィが護身具として持ち込んだ魔力活性ポーションだった。

一時的に身体能力を上昇させるそれは、あくまでセナへの応援のつもりだったが……。

「このポーションを飲んだ瞬間、わたしの中の栓が消えました。なぜか不思議と力が湧いてきて……だからあれだけの力が出せたのです」

「まさか、この王女はそこまで分かって……⁉」

（いやいやいやいやいやいや！）

セナを応援したのは虐めを見過ごせなかったからだし、魔力活性のポーションをあげたのはあくまで応援のつもりで、鬼族の確執や一本角の秘密なんて知るわけがない。

しかし、セナの話を聞いたアルゴダカールは衝撃を受けたように肩を震わせていた。

「王女……オメェは、そこまで……？」

周りの空気がセナの気迫に呑まれている。

エリィが悪女だという定説はガラガラと崩れ去ろうとしていた。

「お待ちください！」

——ただ一人を除いて。

黒焦げのラーシャが這う這うの体で近付き、叫んだ。

「じゃあなんでソイツは鬼族に暴言を吐いたのです⁉　辻褄が合いません！」

エリィは救世主を見つけたように両手を組む。

（そうだそうだ！　ラーシャ様、もっと言ってやってください！）

虐めは許せないが、今ここで縋れるのはもはやラーシャしか居ない。

彼女の虐めの才能は本物だ。同僚に虐められたエリィが言うのだから間違いない。

エリィの応援に、しかしセナは、くわっ！　と眉を怒らせた。

「――お黙りなさい!!」

「「ひぃ！」」

エリィとラーシャの悲鳴が重なる。

「ディアナ様はわざと悪役を演じたのです。仮にわたしの力が覚醒したからといって、鬼族同士が傷つけあうなど愚の骨頂。だからこそ、この祭儀の場で決着をつけさせようと、自ら悪役を演じ、わたしを奮い立たせたのでしょう。それは彼女があの中で最も強い魔獣である凶兎を残したことからも明白！」

（え、あの兎って最強だったの？）

「つまり最強の魔獣を狩り、力を示せということ！　現に王女様は言ってくれました。『セナさん、分かっていますわね』と。あれはそういう意味ですよね、ディアナ様！」

（全っっっっっっ然違いますけど!?）

目が合ったのは虐められていたセナを応援したからだし、あの兎が最強だなんて思いもしなかった。そもそも厄災象（エレファクト）とやらが一番強い魔獣ではなかったのか。見るからにあれが強そうだったではないか。どうしても認められないエリィがリグネに問いかけると、

「むしろ個体的に言えばあの象は一番弱いぞ」

「ん？　で、でもラーシャ様たちはあの象を狩ろうと」

「厄災象(エレファクト)の面倒なところはその鳴き声で周りの魔獣に狂騒効果を与えるところにある。だからこそまずアレを狩ってから他の魔獣を狩ろうとしたのだろう。その点、其方が目をかけたセナの働きは素晴らしい。狂騒状態の凶兎を狩るのは並大抵の実力では出来ぬからな。そんな彼女の力を見出(みいだ)した其方はさらに最高だ。さすがは余の花嫁だな」

エリィはあんぐりと口を開けた。

（や、やること為すこと、悉(ことごと)く裏目に……!?）

魔王に嫌われようとしたら悪役を演じていると勘違いされ――。

セナを虐めから助けようとしたら覚醒の手助けをし――。

そのセナを応援したら、今度は幽閉生活への道が閉ざされた。

（なんで……途中まで上手くいってたはずなのに……！）

リグネは内心で頭を抱えるエリィの肩をがっちり摑み、

「悪役を演じて鬼族を救うその手腕、まことに見事。魔女将(アミール)は其方こそが相応しい」

「いやいやいやいやいや！」

エリィは全力で首を横に振った。

もはや藁(わら)にも縋る思いで知恵をひねり出し、

「ほ、ほら！　人族が上に立つなんて鬼族的にナシですし！　ね！　そうですよね、アルゴダカール様！　そうって言え？」

もはやディアナの言葉使いも忘れ、自棄（やけ）になってアルゴダカールに凄むエリィである。

おのれの実力に自信を持つ四大魔侯『星砕き』はいつものように鼻を鳴らし、

「ハッ、当たり前だ。人族なんざオレたちに相応しく……」

ずどん、と膝をつき、

「『ねぇ』なんて、言えるわけねぇだろうが……!!」

勢いよく、エリィに頭を下げた。

（えぇぇぇえええええええええ!!　いやいやいやいや！　あなたはそうじゃないでしょう！　もっとこう、偉そうに罵ってくださいよ！　人族なんざクズって言ってよ!?　あなた、そういう人じゃないでしょうが！　リグネ様に飛び掛かった威勢はどこに!?）

半ば縋るように内心で叫ぶエリィに、アルゴダカールは泣きながら言った。

「ありがとう。王女……オレの娘を助けてくれて……本当に恩に着る……！」

「お父様……」

「セナ。何も出来なかったオレを許せ。オレぁ父親失格だ」

「そんな、お父様は、何も悪くなんて」

アルゴダカールはセナが虐められていたことを知っていたのだろう。

知っていても何も出来なかったのだ。

強さこそ絶対主義。それは彼が族長として掲げる鬼族の指針そのものだったから。

(……って、そんなこと知らないんですけど)

何だかいい話になっているが、エリィとしてはたまったものではない。

完璧に負けようと講じた策がすべて裏目に出て自分を追い詰めている。

頼みの綱だったラーシャは崩れ落ち、アルゴダカールは涙すら流している始末。

ここからエリィを敗北に導ける者は、この場には居なかった。

最初は人族の王女を嫌っていた鬼族は、今や目の色を変えてエリィを見ている。

(皆さん、手のひら返しが凄すぎませんか？　もうちょっと人を疑おう？)

自業自得だった。

「うぅ。ちゃんとご主人様の真似したはずなのに……なんで嫌われないの⁉」

「だから真似をする相手を間違ってると何度言えば」

じと目で囁く(ささや)ララにエリィは気付かない。

「余はずっと其方がどういうつもりで逃げ回っているのかと思ったが……嫁入りして僅か数日で鬼族の問題を解決する結果になるとはな……其方は凄いぞ、エリィ」

怖かっただけです。とは言えない空気だった。

アラガンすら感心したように顎を撫でており、エリィの味方はどこにも居ない。

「ていうかずっと見てたんですか……他の人も見ないとダメでは」

「何を言う。其方しか見えなかった」

「え」

リグネはエリィの顎を上向かせて言った。

「ずっと闘技場をちょこまかと走り回り、ライバルたちを挑発するその姿、自らの手で一匹も魔獣を狩っていないのに、最良の結果を導いて見せた手腕……実に面白い」

「え、えっと」

「それに、目だ」

「目？」

エリィは思わず自分の顔に触れた。浅葱色の目は大して珍しい色でもない。

「こんな目ですが……」

「うむ。これがいいのだ」

（あなたの目のほうが綺麗だと思うけど……）

そんなことを思うエリィから視線を外して、リグネは腹心の部下を見た。

「さて、アルゴダカールよ。約束は覚えているな？」

「……あぁ」

「では、魔女将の座を簒奪しようとした罰だ。潔く死ぬが良い」

「覚悟は出来てる。一思いにやれや」

リグネの姿が巨大な黒龍へと変わり、周囲から喧騒の波が引いていく。

その流れがあまりにも自然すぎて、エリィは反応が遅れてしまった。


「…………………いやちょっと待って⁉」


「む？　どうしたのだ、エリィよ」

黒龍の喉奥から、リグネの重低音が響く。

鼻先を近付けられたエリィはリグネとアルゴダカールを見比べて、

「いや、どうしたもこうしたも……なんで殺そうとしていますの⁉」

「それが約束だからな」

リグネは鼻を鳴らした。

「現にこやつも言っておっただろう。命は好きにしろと」

「あ〜……」

エリィはリグネとアルゴダカールの会話を思い出す。

『……それなり以上の代償は覚悟しておろうな？』

『もちろんだ。もしも負けたらオレの命は好きにしろ。でも、うちの姫たちの誰かが勝ったら……そいつはもう用済みだよな？』

（確かに言ってた……言ってたけども！）

こういうのはノリというか、勢いで言ってしまったアレで済ませるものではないか。

そう思ったのはエリィだけで、周りの鬼族はそう思っていないようだった。

「お父様……」

「セナ。今まで悪かった。達者で暮らせ」

「――待ってください」

感動的な別れの挨拶に、エリィはたまらず割り込んだ。

視線が集まったことを確かめてから、リグネのほうに向きなおる。

「リグネ様。仮にも名高き『星砕き』アルゴダカール様をこうも簡単に殺すだなんて、魔王としておかしいんじゃありませんの？　臣下を何だと思っているんですか」

「臣下を大事にしているからこそだ」

リグネは口から火を吐きながら言った。

「余は平和を愛する。こやつがやったことは魔族として真っ当な反抗ではあったが、魔王である余の決定に従わず、あまつさえ花嫁を殺そうとしたことは万死に値する。最悪、再び人族と戦争が起こって何万人もの者たちが死ぬことになったのだぞ？」

「それは、確かにそうですが……」

「其方は魔族全体の戦力を心配してくれている。だが、アルゴダカールは替えの利かない存在というわけでもない。そもそも――」

絶対者が纏う、紅火色(ルベライト)の瞳がエリィを射貫(いぬ)いた。

「こやつらが勝っていれば幽閉されていたのは其方だ。それは分かっておろうな？」

「それは、そうですけど」

（むしろ幽閉上等だったとは言えないけど……）

たぶん、これはそういう話ではないんだろうな、とエリィは思う。

いわばケジメなのだ。

王の決定に異を唱えた者を放置しておけばやがて反乱分子に変わる。

ましてや魔王の花嫁を殺そうとした罪は、それほどに重い。

「だから余はこやつを殺す。それが王としての務めだ」

あぁ、それでも。

「否、断じて否です。それは王の在り方ではありませんわっ‼」

エリィは扇をリグネの鼻先に突きつけた。

リグネの口の端から漏れた焔が、扇の先っちょを黒焦げにする。

「……今、何と申した？　余に指図をしようというのか？」

「お、夫に意見して何が悪いのですか。夫のくせに分を弁えなさい!!」

「ヌ……」

エリィの気迫にリグネはたじろいだようだった。

尻尾を叩きつけて後ずさる黒き龍に対し、エリィは物おじせず畳み掛ける。

「確かに愚かしくも鬼族は私を陥れようとしました。しかし、元より人族と敵対し続けてきた鬼族が人族の王女を受け入れられないのは至極当然の理。それはあなたも分かっていたことではないでしょうか！」

「……続けよ」

「私の立場が確かなものになった以上、リグネ様がここで行うべきは彼らを裁くことではなく、彼らの愚かさを許し、忠誠を誓わせること。それこそが、王の務めというものです!!　いたずらに力を振りかざして意のままに従わせるのは王の在り方にあらず！　それは唾棄すべき独裁者の所業です!!」

「…………ヌゥ」

「王女……オメェはそこまで、鬼族のことを……」

「ディアナ様……!!」

アルゴダカールやセナが何やら感動しているようだが、エリィは別に彼らのためにリグネに意見していたわけではない。

むしろまったくその逆。完全に自分のために意見をしていた。

（――いやだって、ここで死なれたら後味最悪だよ⁉）

エリィは生粋の凡人である。貧民街の生まれで王女ではないメイドである。

エリィからしてみれば、いくら自分の立場を狙ったからと言って彼らの処刑を見過ごせない。絶対に夢に出る。悪夢に魘（うな）される自信がある。

『王女ォ……』と鬼族が恨みがましく枕元に立つことは請け合いだ。

何しろ、エリィ的には敗北上等。むしろ彼らに勝って欲しかったのだから。

（ここで殺すのは絶対ダメ！　トラウマになるし！）

リグネはエリィを殺さない。それは祭儀の前に明言していたことだ。

だからこそエリィは意見する。自分の快眠のために。

そしてあわよくば『魔王に意見する愚かな王女』としての立場を確立するために！

ふと、エリィは気付いた。

（魔王様、わたしにムカついて幽閉してくれないかな？）

先ほども自分に指図をしようというのか？　と威圧的に言っていたことだし、可能性はある。

いや、むしろ可能性しかない。

一度妄想すると良いほうに思考が転がり、だんだんと興が乗って来た。

生来のお調子乗りを発揮して、エリィは偉そうに胸を張った。

「それでも彼らを殺すというのなら、まず私を殺しなさい」

「ヌ……！」

「そうすればあなたは噂にたがわぬ魔王として後世に語り継がれるでしょう。逆らう部下を容赦なく殺す暴君と言われ続けるでしょう。もしもそれが出来ないなら、私を幽閉すればよろしい。いいえ、むしろこんな生意気な女は幽閉するべきです。我が夫と名乗るからには、男の甲斐性を見せて妻を幽閉してくださいませ！」

「──もういい」

リグネの身体が蒼い炎に包まれ、人型に戻った。

興奮していたエリィの身体は魔王の胸に抱きしめられる。

「え」

「余が悪かった。鬼族のためにそこまで自分を追い込むな」

「いや、あの」

（むしろわたしを追い込んでるのはあなたのほうなんですが⁉）

なぜだろう。幽閉を望めば望むほどドツボにはまっているような気がする。

エリィは抗議しようとするけれど、優しい手に頭を撫でられて口を閉じた。

「其方は優しいな、エリィ」

「あ、あぅ……」

「すべて其方の言う通りだ。処分は別の形にする」

まったく全然その気ではなく、むしろ打算しかなかったとはいえ――。

真正面から褒められて悪い気はしなくて。

顔に熱が集まったエリィが反論を失っている間にもリグネは話を続けた。

「鬼族の姫。ガルポ氏族のセナ。ここへ」

「はっ！」

初対面の時の態度はどこへやら。

今や勇ましい戦士へと変貌を遂げたセナはリグネの前に跪いた。

「今より其方を魔女将(アミール)の護衛将軍に任命する」

「！」

「鬼族はすべてエリィの下につく。これがアルゴダカールらの処分であり罰である」

セナは感動に打ち震え、目に涙を溜めた。

「この上ない栄誉でございます……わたしでよろしいのでしょうか？」

「これはエリィが望んだことだ。そうだな、エリィ？」

「え？　いや別に――」

きらきらと犬のように目を輝かせるセナに、否と言えるはずもなく。

「ふ。バレてしまっては仕方ありませんわね」

「ディアナ様……！」

エリィはリグネから離れ、やけくそ交じりに叫んだ。

「ガルポ氏族のセナ！　あなたはこれから私の手となり足となるのです。人族の王女に仕えるこの屈辱！　心して味わうがいいですわ！」

「ははーっ！　鬼族一同、命に代えましてもあなたをお守りいたします!!」

セナが頭を垂れエリィの手の甲に口づけをする。

「新たな『魔女将』ディアナ・エリス・ジグラッドに栄光あれ！」

「「「オォォオオオオオオオオオオオオオオオオオオオオオ!!!」」」

世界中に轟くような歓声に――。

「うむ。これにて一件落着、だな」

満足そうに微笑むリグネを見て、エリィは何度目ともしれないことを思う。


――どうしてこうなった。


祭儀を終え、鬼族は百獣の都をあげて新たな魔女将誕生を祝った。

元々、魔王歓迎のためにお祭り騒ぎだった鬼族だが、魔王の妻が正式に決まったことに加え、エ

リィが鬼族を救ったという話が美談として伝わり、これでもかというほど話に尾ひれがつき、今やエリィは鬼族中の人気を掻っ攫ってしまった。

曰く、ディアナ姫は鬼族を救うために魔王の妻になった。

曰く、ディアナ姫は未来を見通す千里眼を持っている。

曰く、ディアナ姫は『星砕き』が跪くほどの実力者である。

曰く、曰く、曰く――。

エリィが訂正しようとすればするほど『王女は謙虚』という話になり、鬼族は勝手に盛り上がった。

「わたしはただのメイドなのに……どうして……」

リグネが鬼族たちと挨拶を交わしている横で、長椅子に座って項垂れるエリィ。

これでまだ魔族領に来てから三日目というところが恐ろしい。

一体あとどれだけ、エリィは命の危険にさらされなければならないのだろう。

（もう怖いのは嫌なんだけど……食べられたくないよぉ……）

身の丈に合わない任務に疲れ切っていると、一人の少女が近付いて来た。

「ディアナ様、お元気がなさそうですが大丈夫ですか？」

エリィは顔をあげる。

桃色の髪を揺らす、心配そうなセナの顔がそこにあった。

エリィはディアナの仮面で取り繕ったように微笑む。

「セナ様……ええ、大丈夫よ。少し考えごとをしていただけ」

ハッ、とセナは目を見開いた。

まるで祭儀の最中のような仕草。エリィは嫌な予感を覚える。

「魔族のためにそこまで……ありがとうございます！」

（ほらやっぱりぃ！）

「ですが今は！」

セナは握りこぶしを作りながら言った。

「今だけはお休みください。疲れを取ることも魔女将としての仕事ですから……！」

セナのエリィへの評価はリグネ以上だ。

自惚れでも何でもなく、もはや心酔されていると言ってもいいだろう。

（ほんとになんでこんなに懐かれたんだろう……）

「わたしに出来ることがあれば言ってくださいね。なんでもしますから」

「……そうね」

「これからは護衛将軍として健やかなる時も病める時もお小水の時も寝る時も散歩する時も、片時も離れず御身をお守りいたしますから！」

「お願いだから手加減して？」

自分が用を足している時、後ろに立っているセナを想像する。何それ拷問ですか？

エリィは悪女の仮面を被り苦笑してみせた。

「セナ様。あなたは」

「わたしのことはセナと」

「セナさん」

「セナと。いえ、どうせなら犬と罵ってくださいませ！」

「はい⁉」

（何言ってんのこの子⁉）

思わずそう言いたくなるのを我慢しながら——。

「セナ。肩の力を抜きなさい。そんなんじゃ私の護衛は務まらないわよ」

「……なんと」

「適度に肩の力を抜き、遊ぶところは遊ぶ。これが悪女の心得ですわ！　悪女の護衛であるあなたも同じようにするように！」

「つまり、裁くべき悪を見つけるまでは力を溜めろということですね、分かります！」

（全っっ然分かってないんだけど⁉）

エリィは頭を抱えた。

セナは悪い子ではない。むしろ懐いてくれること自体はエリィも嬉しい。

ただ、落ち着かない。

「とりあえず……ララと護衛の何たるかを話してなさい」

「ん。うちのことは先輩と呼ぶように」

「ララ先輩……！　ご指導ご鞭撻のほどよろしくお願いいたします！」

ララは感動したように打ち震えた。

「初めての先輩呼び……気持ちいい……！」

もう勝手にやっていて欲しい。

半日になったエリィが少女二人から目を離すと、隣に大柄な男が座って来た。

「オウ大将ォ、呑んでるかよ、オイ」

（うわぁセナちゃんとは別の意味で厄介なのが）

エリィはアルゴダカールを見上げ、

「もちろん頂いておりますわ。鬼族程度の酒、私にとっては水も同然ですから」

「ドハハハ!!　ミルク呑みながら言ってんじゃねぇよ！」

「え。ぁ……」

エリィは自分のコップを見て顔を赤く染めた。

ううう、と俯いていると、ばんばんとアルゴダカールが背中を叩いてくる。

「まぁそんなこともあらぁな！　ミルクも立派な酒だ、な！」

「どう見ても酒じゃないでしょう……」

気安い友達のように接せられてエリィは戸惑いを隠せない。

これが半日前、自分を殺すべきだと主張した男と同一人物なのか。

あまりの急変にどう対応すればいいか悩んでいると、

「オイ王女。もしリグネの奴に愛想尽かしたら言えや」

「はい？」

「そん時はオレが嫁にもらってやるからよ！　ぐははは！」

エリィは慄然とした。

（殺そうとした相手に求婚するとか、どういう神経してんの……）

そういえば、エリィを魔女将（アミール）と認めたとはいえ、アルゴダカールはこれまでの言動を一切謝っていなかった。力を認めても反省はしない、その清々（すがすが）しさに身震いがする。

もしも隙を見せたら、鬼族はあっさり手のひらを返しそうで……。

（そそそ、それってまだまだわたしが命懸けなのは変わらないってこと……？）

「おい。余の花嫁に何をしている」

エリィの不安を察したのか、アルゴダカールとの間にリグネが入って来た。

狭い長椅子は既に定員オーバーで、みしみしと軋（きし）んでいる。

かなり無理やりお尻をねじ込んだ形だが、リグネは気にしていない様子だ。

「お、おう。魔王よ。別に疚しいことはしてねぇよ？」

「当たり前だ。そんなことをしていたら其方を八つ裂きにしている」

「ひゅー。あの魔王がここまで執着………いやなんでもねぇって！」

アルゴダカールは慌てたように離れた。

気を取り直したかのように酒を片手に鬼族の中に飛び込んでいく。

「何の話をしていた？」

「えーっと」

なぜかリグネの声音が冷たい気がするが、気のせいだろうか。

そうであって欲しいなと思いながらエリィは視線を彷徨わせる。

「別に、なんでもありませんわよ？　取るに足らない冗談です」

「……そうか」

心なしか拗ねたようなリグネはエリィの側にひっついてる。

（魔王様、どうしたんだろう。もしかして妬いてる？　いやまさかね……）

エリィはメイドとして主人や周りの顔色を窺って生きて来たけれど、リグネの気持ちは本当に分からなかった。彼が嫌がるであろうことをしたら喜ばれ、よく分からないことで不機嫌になる。かと思えば、エリィを大切にしようとするところもあって。

（……いや、大切にはしてないな。たぶん。これは新しい玩具で遊ぶ子供だよ）

彼は魔王だ。その価値観はエリィと隔絶している。

特に命に対する考えがまるで違う。平和のためとはいえ、部下を殺そうとするなんて。

「余が分からないか？」

そんなエリィを見透かしたようにリグネは笑った。

「余も同じだ。まだエリィのことがよく分からない。面白い女だとは思っているが、好きな物や嫌いな物、何に夢中になるのか、どんな人生を歩んできたのか、すべて分からぬ」

「でしょうね……まだ出会って三日目ですし……」

「だが、分かり合いたいと思っている」

エリィは顔をあげた。透徹とした黄金色の眼差しは為政者のそれだ。

ただの平民メイドであるエリィがその感情を推し量ることは出来ないけれど。

「……そうですね」

エリィはゆっくり頷いた。

「私も、あなたを知りたい。私のことを分かって欲しいです」

「そうか」

リグネが嬉しそうに笑う裏で、エリィは内心で汗をダラダラ流していた。

（魔王様のことが分かったら生き残りやすくなるからね‼）

リグネは確かに暴力的なところもあるし、怖いところもあるが、別に悪いところだけではないとエリィは思っている。特に人族の王女と分かり合おうとする姿勢自体は、素直にすごいと思う。一人の魔族としてなかなか出来ることではないはずだ。

けれども、忘れてはならない。

エリィはニセモノの姫で、あくまでディアナの身代わりに過ぎないということを。

（わたしがニセモノだと知ったら、この人はどう思うかな）

分からない。分からないからこそ怖い。

エリィとて年頃の女の子。大人の男性に優しくされて思うところがないわけではないが、ニセモノの姫として一線を引いておかなければ足を掬（すく）われてしまうはず。

エリィは改めて決意した。リグネのことを知って、分かり合って、そして。

（ご主人様がフラれるまで、絶対生き残ってやるんだから！）

鬼族が宴で盛り上がる、その裏で。

魔王軍宰相、ケンタウロスのアラガンはじっと魔王の横顔を見つめていた。

（穏やかな顔だ……こんな顔、見たことがない）

鬼族との祭儀はつつがなく終わった。最悪、エリィが殺されてしまった時には慣れない土地で病に伏せたと噂を流すつもりだったのだが、その必要もなくなったようだ。

（それに、この王女……）

アラガンはリグネとは違った意味で王女の一挙一動をつぶさに観察していた。

リグネはすべて王女が目論んだことであると断言したが、この何の力もなさそうな王女に、出逢って一日で鬼族の現状を看破し、その問題を解決に導く手腕があるだろうか。

アラガンの目には、別の方向に行こうとして複雑に絡まった思惑により、偶然そうなったようにしか見えなかったのだが、魔王が断言したからには口にしなかった。

いや、もはやそんなことは問題ではないのだ。

（魔王様のご尊顔が素晴らしい……この笑顔、守りたい）

戦時中は冷徹な空気を纏っていたリグネだが、今の穏やかな魔王の表情からは誰にも見せたことのない、身の内に秘めた優しさを感じる。魔王がこのように変化した原因は間違いなくエリィにあり、それは彼女が本物かニセモノであるかの問題すら超越してしまう。

（魔王様が幸せならそれでいい……このアラガン、全力でお仕えするのみです）

もし、もしもだ。

自分が懸念しているようにこの王女がニセモノだったとしても、人族が今のニセモノを本物だと送り込んだ以上、それを証明する手立ては両種族どちらにもない。
最悪、この王女が本物だとこちらが認識してしまえばそれまでなのだ。
（本物が出てきたらそちらを殺せばいいですしね）
人魔講和条約の締結が維持されるならそれでいい。
あとはもう、リグネに幸せになってもらえればアラガンは本望だ。
（アルゴダカールが認めた以上、和平反対派も及び腰になるはず。あとは……）
絶妙に距離が近いのに、微塵も甘い空気にならないこのカップル。
これを何とかしなければ、おちおち寝ても居られない。
（このアラガンがこの二人をくっつけてあげましょう）
魔王に心酔するケンタウロスは一人、画策するのだった。
――近くに潜む、底知れぬ闇に気付かずに。

断章

生きることは化けることだ。

人でもなければ魔でもない、何者でもない少女は思う。

人間に化けることは簡単だった。幸いにして少女の姿は人間のそれだったし、何もせずじっとしていれば人の子供に紛れて区別がつかなくなる。

区別、そう区別だ。

少女には世界のすべてが色で見えていた。

怒っている人は赤い、憎んでいる人は黒い、悲しんでる人は青い。

少女に向けられるのはいつだって赤くて黒いそれで、喜んでいる人が見せる、お日様のような色はいつだって他の誰かに向けられるものだった。

正直、形や生まれで区別はつかない。ただ好き嫌いはあった。

赤いのは嫌い。頭が痛くなるから。

黒いのも嫌い。胸が苦しくなって吐き気がするから。

青いのも嫌い。見えないところが痛くなって、処置のしようがないから。

——自分は、何色に見えてるんだろう。

自分が壊れていると気付いてずいぶん経つ。

施設を壊して住民を皆殺しにしたけれど……。

その先に待っていたのは果てしない虚無だった。虚無は、何色なんだろう。

「──生存者を発見!!　子供が、子供がいます！」

「安全な場所に移送しろ。決して死なせるな！」

黄色い何かに覆われて、少女は新たな世界に踏み出した。

「大丈夫か。自分の名前は分かるかい？」

なまえ。人が人を区別するための識別コード。

首元についている魔術文字と数字だけが少女を呼ぶすべてだった。

「分からない」

「お母さんは？　お父さんは生きてる？」

首を振る。自分を産んだ人たちの姿など、とっくの昔に忘れた。

「そうか」

黄色い何かが、ちょっと青くなる。

離れようとすると「大丈夫だよ」と抱きしめられた。

「名前がないなら、今、つけよう」

「生きていて、楽しいことがいっぱいありますように」

「君の名は――」

第三章　ニセモノ姫の溺愛生活

――ハッ!!　とエリィは跳ね起きた。

胸を押さえる。ドクン、ドクン、と心臓が早鐘を打っていた。

キィンと耳鳴りが頭で響いていて、不快な余韻をもたらす。

「今の、また……夢……」

妙に現実的で悲しくて、寝ている間に涙が出てしまうような夢だった。

エリィはごしごしと目をこすり、ふぅ、とひと息つく。

「……なんだったんだろ。まぁ夢だから、いいけど」

覚えていないことを気にしても仕方ない。エリィは切り替えが早いのである。

さて、今日もニセモノ姫としての仕事を頑張ろう――。

「ヌ。もう起きたのか？」

その瞬間、エリィは身体(からだ)の芯まで凍り付いた。

目覚めの朝、客室、寝台、そんな状況で、聞こえてはいけない声がした。

ぎぎぎ、とたてつけの悪い扉のような動きで振り返ると、そこには。

「其方(そち)は早起きだな。感心したぞ」

「まままま、魔王様っ⁉」

「うむ。余だ」

美。美だった。濡れ羽色の髪に神秘的な黄金色の瞳、鍛え上げられた肉体美を惜しげもなく晒す魔王——リグネ・ディル・ヴォザークがエリィの隣で寝ていた。

ドタバタバッターンッ！　と動揺しまくったエリィは寝台から転げ落ちてしまう。

「なななななな、なんで私と同じベッドに⁉　いや半裸なんですか⁉」

「ヌ？　忘れてしまったのか、エリィよ」

横たわったまま顔をこちらに向け、頬杖をついて楽しそうに笑った。

「あんなに楽しい夜を過ごしたのに」

（楽しい夜ってなに⁉　あんなことやそんなことですか⁉）

十五歳の多感な乙女であるエリィとしては、あれやこれやを想像してしまう。

慌てて自分の身体を見下ろして見ると、ちゃんと服を着ていた。

（よかった……一線は越えていないみたい）

もしもそうなったら腰がすごく痛いとか聞いたことがあるし、大人になるまで絶対にダメよ、とご主人様に言われていたけれど、魔王とそういう関係になったら冗談じゃ済まされない。命の危機である。ニセモノ姫を抱いたと魔王が知った暁には処刑確定である。

「くくっ」

突然リグネが笑いだしたので、エリィはきょとんと目を丸くした。

「何ですの……今のどこに笑う要素がありまして？」

「いやなに、冗談だ。あまりにも気持ちよさそうに眠っていたから、さきほど余が其方の布団に潜り込んだ。服を脱いでいたらどのような反応をするかと思ったのだがな」

くく、と笑いが止まらないリグネを見てエリィはかっと顔が熱くなった。

「揶揄(からか)いましたのね！　乙女の寝所に入るなんて、非常識が過ぎるのではなくて⁉」

「其方にまつわる噂(うわさ)の中に男好きというものもあった。本物の王女ならば、起きぬけに上半身裸の男を見たところで何も思わぬのではないかと考えたのだが……ふむ？」

「〜〜〜っ、だ、だからといって、断りもなく入るのはご冗談がすぎます！」

（さすがに本物のご主人様でも怒るよ⁉）

夫婦になったとはいえ出会って三日の男女である。いや、確かに貴族ならばそういうこともあるかもしれないが、ディアナはそういうタイプではないはず。

「すまんすまん、あまり怒るな」

「大体なんで急に……昨日までそんなことなさらなかったのに」

「其方の噂を確かめたかったのが一つ。もう一つは、アラガンに言われたのだ。夫婦として過ごすなら共に寝所で過ごすべきだ、とな。さすがに余も急だと思ったのだが」

（あのケンタウロス……余計なことを！）

黒い笑みを浮かべるケンタウロスが想像できてエリィは歯噛みしたい思いであった。

「それでどうだ、今後は一緒に寝るか？」

「そ、その件はあとで考えることにして」

エリィは周りを見渡した。見慣れた少女の姿がどこにもない。

「……そういえば、ララはどこに行きましたの？」

魔族領域に来てから毎日のように一緒に寝ている護衛メイドは、魔王の侵入に気付かなかったのか。あるいは気付いてなお場所を譲ったのかもしれないが。

（もしそうならお仕置きだよ！　わたしの事情知ってるくせに！）

「隣の部屋にいるぞ」

「分かりました。失礼します」

「あぁ、余は食堂に行っているから、支度が出来たら来るが良い」

「はい」

魔王が出て行ったのを見送ってエリィはどっとため息を吐いた。

まさか朝から布団の中に潜り込むとは……女の子の寝顔をなんだと思っているのか。

（とほほ……すっぴん見られちゃったよぅ……）

年頃の乙女らしく女心を発揮しながら、エリィは隣の部屋に足を進めた。

人の気配がする。扉の隙間から見える背中はララだ。一言文句を言わねば。

「もー！　ララちゃん、なんで止めてくれなかったの……ん？」

「はい……侯爵……はい。分かってる。やれる」

ララが手元を覗き込みながら誰かと話していた。

「でも……本当に……オーク……姫…………分かってる」

（ご主人様かな？）

「うちはやれる。だから――」

「ララちゃん？」

ララは弾かれたように振り返った。

「エリィ」

ララの手元に小型の通信具があるのを見てエリィは首を傾げた。

「誰と話してるの？　ご主人様？」

「ん。定期報告」

「え！　わたしも定期報告したい！　文句言いたい！」

「残念、もう切っちゃった」

「そっか……なら明日でいいかな」

「ん。そうするとよき」

ディアナもディアナで忙しいのだ。メイドに魔王の妻の代わりをやらせるようなダメな主だけど、王女としてはちゃんとしていることをエリィは知っている。

「お腹（なか）空いてない？　魔王様が呼んでるから、一緒に行こ」

「おけ」

ララに着替えを手伝ってもらい、エリィは窓辺に近寄った。

そこは魔獣が跋扈（ばっこ）する百獣の都——ではない。

魔王城だった。

（改めて見ると、壮観だなぁ）

昼にも拘（かか）わらず星空が煌（きら）めき、魔石灯の明かりが街を照らしている。

魔王城は人族の領域から魔都を守るように建っているため、城下町が一望出来た。

さまざまな種族で入り乱れる都の街並みは竪穴（たてあな）式と建屋式住居が混在していて、大きさもばらばらだ。いちおう、種族ごとに居住区画は分けているらしいのだが、増改築を重ねたことで規則性のない、混沌（こんとん）とした有り様になってしまったようだった。

（鬼族の街から帰って来たはいいけど……どうなることやら）

『一度、魔王城に帰ろうと思う』

昨日、鬼族の祭儀で消耗していたエリィを見かねたのか、リグネはそう言った。

この疲れた状態のまま次の祭儀を行えば、エリィにとって不利になる。

そう判断してくれたらしい。

（早く終わって欲しいような、時間稼ぎをしたかったような……）

次の祭儀とやらがどんなものかは分からないが、三ヵ月間何もせずのらりくらりと躱（かわ）していけばニセモノの姫も終わるだろうか。そう一筋ではいかなさそうだけれど。

「エリィ。そろそろ行こ」

「うん」

風になびく髪を押さえて、エリィは部屋の扉を開けた。

「おはようございます、我が主様（マスター）！」

（げ）

部屋の外で待ち構えていたのは桃髪の護衛将軍――セナだった。

着流しの衣装を着た小柄な少女はカタナを腰に下げて微笑（ほほえ）んでいる。

「今日もお綺麗（きれい）ですね。よく眠れたようで何よりです」

「えっと、セナさん？」

「はい、なんでしょう」

「いつから待ってたの？」

「三時間ほど前です」

「……」

エリィは突っ込まないことにした。わざわざ藪（やぶ）を突（つつ）く趣味はない。

「そう、ご苦労様」

「クールなマスターも素敵……どこまでもお供しますっ！」

（ただ食堂に行くだけだよ！）

リグネから護衛将軍に任じられたセナは鬼族の都からついて来た。

エリィはララが居れば十分だと思うのだが、リグネからすると人族だけを周りに置いているのは魔女将(アミール)として外聞が悪いらしい。和平のために婚姻を結んでいるのに魔族を近くに置かないのは裏がある……と思われかねないのだとか。

（もうちょっと親しみやすかったらなぁ……今、好意全開すぎて逆に怖い……）

などと思いつつも、エリィは食堂でリグネたちと食事を取ったのだが――。

「……リグネ様、めちゃくちゃ食べてません？」

どどーん！　と大量の肉がテーブルに置かれているのを見てエリィは引いてしまう。

肉の山が壁のようになって向こう側が見えないほどなのに、すごい勢いで無くなっていくから、もはや魔術でも見ているような気分だった。

「昨日まではそこまで食べていなかったような」

「竜族は毎日食事を必要とするわけではないからな」

リグネは豪快に肉を噛(か)みちぎりながら言った。

「本来、五日に一度これくらいの量を食い溜(た)めるのだ。他の日は草を食べて無聊(ぶりょう)を紛らわせる。

飛んだり火を噴いたらエネルギーを消費するから、腹が減ったりもするが」

「へ、へぇ……そうなんですか」

（すごい量が吸い込まれていく……どこに入るんだろう）

人型のリグネは人族の成人男性より少し体格がいいくらいなのに、明らかに身体の容量以上の肉が吸い込まれていた。あれも竜の力が為せる業なのだろうか。

（そもそも人型になってる仕組み自体が魔術みたいなものなのかな……）

エリィは少しだけ考えてみたが、すぐに分からなくなってやめた。

（まぁいいや。魔族と人族じゃ構造が違ってて当たり前だよね）

エリィは平民で、メイドだ、難しいことはよく分からない。

（分からないことを考えてもお腹が膨れるわけじゃないし！）

ケンタウロスのアラガンなどは野菜中心に食べているし、セナはエリィと同じように肉と野菜をバランスよく食べている。「我が主様と同じ食事……えへへ」と笑っているのは見ないことにした。エリィは大人なのである。

改めて種族の違いというものを感じながら、エリィは食事を進めるのだった。

「――時にエリィよ。今日は其方と共に魔都を歩こうと思うのだが」

リグネがそんなことを言い出したのは食事を終えた後だ。

満腹になったエリィは目をぱちぱちとさせて首を傾げた。

「魔都……ですか？」

「そう。魔都アングロジア。其方が余と共に治めることになる街だ」

（……魔王様の中で私って妻確定なの？）

「魔都の中には其方を見たことがない者もいるだろう。余が人族と共に歩いているところを見せれば、民も戦争が終わったことを実感するはずだ」

「あぁ……そういうことですの」

　エリィは感心混じりに頷いた。

（やっぱり魔王様って、ちゃんと王様してるよね……暴力的だけど）

「魔都ですか。ぜひわたしも護衛に」

「セナ。貴女には新たな四大魔侯として知ってもらうべきことが山ほどあります。貴女の実力そのものに疑問を持つ者たちも出ている。今日は私と一緒に居残りです」

「そんな……！　アラガンさん、あ、明日には出来ませんか？」

「無理です」

　アラガンはいい笑顔で言った。

「貴女はお邪魔虫……失礼、二人の仲を深める絶好のチャンス……もとい、魔王と妻のデートに部下は不要。じゃなかった。貴女にはちゃんと学んでいただきたい」

（全然言い直せてないけど⁉）

思いっきりデートと言ってしまっているが自覚はあるだろうか。

じと目で見ていると「わぁ」とセナが輝かんばかりに手を合わせた。

「ごめんなさい。わたしったらそんなことにも気付かなくて……あの、我が主様(マスター)、楽しんできてください ね。不肖セナ、陰ながら応援しておりますので！」

「いや、別にデートというわけでは」

「は？」

（ひぃ！　アラガンさんが怖すぎるんですけどぉ！）

「で、デートですわね。ぜひ行きましょう！　ふふ。男をもてなすことに関しては百戦錬磨の私ですから、魔王様を盛大に楽しませてあげましょうとも」

「ほう。それは楽しみだ」

リグネが笑い、アラガンは満足げな様子。

エリィはホッと一息ついた。

（怖かった……アラガンさんの前では今までより気を付けないと）

アラガンだけではない。先ほどのエリィの発言で壁際に控えていたメイドたちも一斉に殺気立った目をしていたのをエリィは見逃さなかった。

（ただのデートというわけにはいかないんだろうなぁ……よほほ……）

魔王城の歴史は遥か昔まで遡る。今より千年以上前、魔族は今のように一つの国家の体をとっておらず、各々の魔侯が勝手に王を名乗り、戦乱の時代が続いていた。

そんな時代、どこにも属さない『大地の魔王』が作った魔王城は魔族中の注目を集め、やがてこの場所を中心に魔族同士の話し合いが行われ、戦乱の中に平和への兆しが見えるようになった。しかしそれも一瞬、大地の魔王の死後、この城の所有権をめぐって各魔侯は再び争いを始め、以後、さまざまな魔王が王位簒奪を繰り返し、それに伴って魔都のありようも変遷を繰り返すこととなった……。

「──大地の魔王は気のいい男でな」

リグネは懐かしそうに目を細めた。

「すべての魔族が芸術を理解すれば争いは終わると本気で信じていた。実際、この城が出来てから争いが激減したし、千年以上経った今も奴の芸術思想に感銘を受ける者は多い」

だから余は立つことにした。リグネはそう語った。

「奴が目指した芸術を……平和などという幻想を本気で信じた馬鹿な男の夢を守りたくなった。どうだ、エリィ。この街は実に見事ではないか？」

はい、と魔王城の門を出たエリィは素直に頷いた。

北へ向かって城下を貫く大きな通りは地平線まで続いている。

混沌とした街中にあって、千年以上昔の趣を残す石畳には精緻な文様が刻まれている。

かつてこの道に情熱を注いだ男の息遣いが感じられるようだった。

(それより魔王様が千年以上生きてる事実で頭がいっぱいなんだけど)

この人、そんなにお年寄りだったの？

十五歳の自分と比べたら何歳差なんだろう。数えるのも馬鹿馬鹿しそう。

「余の年齢が気になるか？」

顔に出ていたのか、リグネはやはり楽しそうに笑って尻尾を振った。

「余も正確には覚えておらぬ。少なくとも千年以上は生きているがな」

「そうなのですが……それにしては、リグネ様は感情豊かですわね。長く生きている種族は感情が薄くなると本に書いておりましたのに」

「うむ。それはな、其方のおかげだ」

「はい？」

リグネは前かがみになり、エリィの顔を覗き込んだ。

「誰もが長く続く戦乱の世で心が死んでいるなか、其方はいつも前向きで、余を楽しませてくれる。嬉しい時に顔を赤らめ、怒りたい時に怒る。無邪気で、心が洗われるぞ」

「そ、そうですか……」

エリィは髪をいじりながらそっぽを向く。

ニセモノを演じているとはいえ、真正面から褒められて悪い気はしない。

それに、今言ってくれたリグネの言葉はエリィの自然体のことで、悪女として演じた『王女』の評価ではないような気がした。

（もぉ。こんなことで照れてどうするの、わたし。チョロすぎるよ……）

あくまで自分はニセモノ姫。リグネと必要以上に仲良くする必要はない。

そう自分に言い聞かせたエリィは前を向き、街の景色を楽しむことにした。

大通りには人族と同じように店が軒（のき）を連ねているが、人族のものとは幾分異なる。

触手のある魔族が自分の触手を切って鍋に入れていたり、火を噴く鞄（かばん）が売られていたり、翼の生えた翼人種（ハーピー）の女性が空を飛んでいたり……。

（わたし、ほんとに魔族の街に来ちゃったんだなぁ）

魔都に来た時は魔王城から出なかったし、鬼族の都は人とほとんど変わらない者たちの集まりだったから、こんなことは思わなかった。

混沌としていながら、魔王の旗印の下に集う、魔族の街並みがそこにある。

「そういえば、デートって何するんですか？」

「ふむ。竜族が番（つがい）と思う者に求婚する時はおのれより強い魔獣の心臓を差し出したものだが」

（なにそれ怖い）

「とはいえ、余より強い魔族はおらぬからな。今回は其方に合わせよう」

「私に？」

「うむ。聞けば人族の男は女にドレスや宝石を買うのだとか」

「はぁ……まぁ貴族はそういう方が多いと思いますが」

あとはオペラの観劇や博覧会、狩猟や読書などが貴族の娯楽と言えるだろう。魔術に理解がある者なら魔術の催しものを見たりするそうだが、エリィにはどれも経験がない。

「おい、あれ見ろ」

「魔王様だ……おぉ、ありがたや……」

「人族の王女もいるぞ。婚姻を結んだというのは本当だったんだな」

大通りを歩いていると大勢の魔族たちとすれ違う。誰もが魔王を見ると一度頭を下げていて、その仕草だけで魔王がいかに慕われているのか伝わってくるようだった。

（アラガンさんも魔王様大好きだし……やっぱり魔族にとってはいい人なのかな）

「エリィ、手を」

「あ、はい」

自然な流れで手を取られ、右手でエリィの手を掴（つか）んだ魔王は左手をあげた。

魔族たちはそれだけで大盛り上がりだ。

エリィと魔王を交互に見比べて、

「ありがたや……ありがたや……」

「平和が来たんだなぁ」

「お似合いだねぇ」

などと囁き合っているが、エリィはそれどころではなかった。

(て、てててて、手が触れて……あう……男の人の手って感じがする……)

実はエリィが男と手を繋ぐのはこれが初めて。

魔王に顎を摑まれたり、肩が触れ合う距離まで近付いたことはあるけれど、直接手が触れ合うというのはこれが初めて。生まれてこの方、男と縁がなかったエリィにとって、手が触れているだけでも大事件だった。

(なんか、温かくて、ごつごつ？　ちょっと鱗が生えてる)

こうして触れていると分かる。やはり、彼は人族とは隔絶した存在なのだと。

(だけど、なんだろう……ちょっとホッとするっていうか……)

「お父さんが居たら、こんな感じなのかな……」

「エリィ？」

ハッ、とエリィは顔をあげた。

「どうかしたのか」

エリィはふるふると首を振り、誤魔化すように言った。

「いえ、魔王様の手が温かいなと。魔王様の手があれば湯たんぽ要らずですわね。その手を切り取って売り捌きたくなりますわ」

「ほう。勇ましいな。それでこそだ」

にやりと笑うリグネにエリィは頬が引き攣ってしまう。

(自分でも怖いこと言ったのに、これで喜ぶんだもん。ほんと魔王様って不思議……)

怖いようで、怖くない。子供のようでいて魔王らしいところもある。

そんな矛盾したリグネと冗談を交わしながら、エリィは魔王城でデートした。

「あ。リグネ様、あれはなんでしょうか?」

「あれはアラクネの綱渡りだな。アラクネの作った糸を渡り切る娯楽だ」

上半身が人族の裸体、下半身が蜘蛛の女性が出した糸で他の魔族に交ざって遊び、

「リグネ様！　美味しそうな匂いがします！」

「あれは黄金兎のかば焼きだな。見た目は悪いが、これが美味いのだ」

「食べてみたいです！」

見た目は金色なのにじゅわじゅわと肉の焼ける匂いが漂う屋台で買い食いをしたり、

「あそこでサーカスをやっている。アラガンの姉がやっているのだ。見に行かぬか？」

「サーカス……！　私、見たことありませんわ。行きますわ」

おとぎ話でしか見たことがないような鮮やかな景色がそこにあった。

不思議と発見と、ほんのりスパイスのように効いた恐怖。

生まれてこの方、人族の王都しか知らなかったエリィとしては夢のような時間で。

「はぁ～、面白かったですわね……あんな風にぴょんぴょんと……」

「うむ。久しぶりに見たが、よき余興であった」

エリィとリグネは一休みするべく、茶屋に入った。

「まぁまぁ、ようこそお越しくださいました！　魔王様、魔女将様！」

小柄な体軀に背中からは蝶にも似た透明な羽が生えている。

耳は長く、つぶらな蒼天色の瞳は幼児をそのまま大人にしたような風貌。

妖精族。

神秘の森と呼ばれる場所に住まう希少種族であった。

「久しいな、ノヴァク夫人」

「まさか魔王様がお嫁さんを迎え入れるなんて！　それも人族と！　まぁまぁ！　綺麗なお嬢さんだこと。よかったですねぇ、魔王様、あんなに平和を望んでいらしたものね」

「うむ。余にはもったいない良き妻だ」

「良き妻……あう……」

ハッ、とエリィは何度となく首を横に振った。

（馬鹿。何照れてるの、わたし。ニセモノなのは秘密にしてるのに……）

ついつい自分が褒められていると勘違いしてしまうが、リグネが気に入っているのは悪女のディアナであり、エリィが演じているニセモノの王女だ。

ありのままの自分を受け入れてくれているわけではない、と肝に銘じておく。

「魔王様、いつものアレでよろしいですか？」

「うむ。頼む」

「かしこまりました」

ノヴァク夫人が店の奥に消えてから、エリィは店内を流し見る。

妖精族が経営している店とあって、物珍しいものを見物するためか店内にはたくさんの魔族が出入りしている。当然、その視線はエリィたちに向けられもしているが。

オーク材にも似たテーブルや真ん中に樹（き）が置かれた店内は落ち着くつくりで、バイオリンの音が心地よい。椅子の上に置かれたクッションが癖になりそうだ。

（繁盛してるから、内装も手が込んでるなぁ〜……お掃除大変そう……）

メイドとしての視線を交えながら眺めていると、ほどなく料理が運ばれてきた。

「お待たせしました〜！　妖精族特製、世界樹のカカオショコラケーキです！」

「わぁ……！」

小さな樹、だった。

上部で枝分かれしたチョコの枝はピスタチオやベリーで飾り付けられていて、切れ込みの入った幹には粉ミルクが振りかけられている。さらに全体に振りかけられた金色の粉がケーキ全体をきらきらと輝かせていた。

「枝から食べると甘さが楽しめる。幹から食べると苦みが楽しめるぞ」

「食べる場所で味が違うんですね⁉」

甘い物には目がないエリィは枝から食べるの一択である。パキ、と枝を折って食べると、甘いチョコの味が口いっぱいに広がって、枝の中から生チョコが溶けだしてきた。

「ん～～～～～～～っ」

エリィはぱたぱたと両手足を動かし、全身で喜びを表現する。

最高、である。

これまで食べたケーキの中でも一、二を争う美味しさだった。

「どうだ、美味いだろう」

「はい！」

エリィは元気よく返事をして、ケーキを食べ進めていく。

枝を食べたり幹を削ったり、そのたびに味が変わってとても楽しい。

これはディアナにも食べさせてあげたいかも……と思った時、ふと我に返った。

（………なんかわたし、普通に楽しんじゃってない⁉）

ケーキだけではない。魔都アングロジアを散策するのも楽しかった。

見たこと、聞いたことがないものを見るのはとても新鮮で、ドラゴンを始めとした幻想生物たちとの出会いは、小さな王都(カゴ)の中では出来ないことだった。

ちらり、とエリィは上目遣いでリグネを見た。

「うむ。相変わらず美味いな」

ちまちまとケーキを食べながら、リグネは口の端から黄金色の炎を出した。

これまでのことで分かったことだが、竜族というのはその時の感情によって炎の色が変わるらしい。黒なら怒り、蒼(あお)なら悲しみ、赤ならご機嫌、黄金色は初めて見る。

(この色はどんな気持ちなんだろう……ていうかあの怖いリグネ様がチョコを美味しそうに食べているのって、なんか新鮮……ちょっと可愛(かわい)いかも)

肘を机に置いて両手で顎を支えてリグネを見ていると、彼が顔を上げて、

「ところで、エリィよ。まだ最後の仕上げが残っているぞ」

「最後の仕上げ？」

「余も本で読んだ知識しかないのだが、これをやると美味さが増すらしい」

「ほほう。それはどんな？」

リグネはケーキにスプーンを差し、ひと口大に掬(すく)ってからこちらに差し出した。

「あ～ん、だ」

「…………………………あぁん⁉」

「どうしたエリィ。そんな猫が尻尾を踏まれたような悲鳴を上げて」

リグネは心底不思議そうにしているが、スプーンは下げない。

ひと口大のケーキがエリィの口の前で所在なさげに浮いている。

「いや、どうしたと言われましても……なんで急に」

「うむ、余も恋愛のことを本で読んでいるうちに知ったのだが……仲の良い男女はこうして互いに食べさせ合うことで、愛情を確かめているらしい」

「あ、愛情……」

黄金色の眼差しは透き通り、照れているこちらが馬鹿みたいに思える。

「其方は尻軽王女と呼ばれていたほどの男たらしだ。実際に接してみてその愛らしさはよく伝わった。其方くらいの女ならさまざまな男を手玉に取ってきたに違いない。であればだ。余とこうして食べさせ合うことくらい、大したことではなかろう？」

（あはは、そうですわね…………なんて言えるかぁあああああ!!）

エリィは声を大にして叫びたい思いだった。

もちろん声には出せないが、声に出ないようにするのに必死だった。

（あぁ～んって！　あぁ～んって！　それはもう色々踏み越えちゃってるじゃん！　か、間接キ……だし、何かもう、あれじゃん！　気軽にやっていいことじゃないじゃん！）

リグネがどんな本を読んだのか知らないが、二人っきりならともかく、公衆の面前で、しかもひしひしと視線を感じるなか、あぁ～んを実行できる者がどれほどいるか。

世はそれを、バカップルと呼ぶのだ。

「まぁまぁ！　あの魔王様が……まぁまぁ！」

「おいおい女のほうが真っ赤になってんじゃねぇか、大丈夫かよ……」

「ダメよ、ここはそっと見守るの。若い人たちの愛は誰にも止められないわ！」

ノヴァク夫人はカウンターの奥で従業員と共にニヤニヤとこちらを見ている。

店内の客たちもエリィの一挙一動を見守っているようだった。

（まさしく針の筵（むしろ）……こんなところであぁ～んをやるなんて、もはや拷問だよ！）

「エリィ。やはり嫌か？　魔族が口を付けたものは食べられぬか」

「え」

心なしか悲しそうなリグネに周りも同調を始める。

「やっぱり……」

「人族だもんな……やっぱ分かり合えねぇんじゃねぇか」

「嫁いだばかりだしねぇ……」

（や、やばい）

長年戦争が続いた人族と魔族のやっと叶った融和が、たかが「あぁ～ん」で脆くも崩れ去ろうとしている。それがなくても悲しそうな顔をしているリグネに申し訳ない気分になるし、まさかニセモノではと疑われた暁には、処刑コースまっしぐら。エリィの命は風前の灯だ。

「あぁ～ん」が出来なかったせいで。

「い、嫌というわけではありませんわ。ただ、その……」

頭から湯気が噴き出てしまいそうだった。

真っ赤になったエリィは俯きながら、消え入りそうな声で言った。

「そういうのは、二人っきりの時に……」

「……」

ずきゅーんっ!!

リグネを含む周りの男たちが胸を押さえて俯いた。

その破壊力、特級魔術に値する。

「なるほど……これが、本に書いてあった『辛抱たまらん』という気持ちか」

「あう……リグネ様？」

「だがエリィよ、許せ。余も其方が嫌がることはしたくないのだが、其方の愛らしさを実感した男共に、余との仲睦まじさを見せ付けてやりたい。だから、ほれ」

「な、なんですかその理由……」

公衆の面前で独占欲を発揮したリグネはスプーンを揺らす。

エリィは仕方なく髪をかきあげ、小さく口を開いた。

「あぁ～ん……」

はむ。はむはむ。

同じものを食べているはずなのに、先ほどよりも甘いような気がした。

白いクリームのついた唇を小さな舌で舐める。

「美味いか」

「……フン。知りませんっ」

（美味しい……美味しいけど、こんなの反則だよぉ……）

そっぽ向くエリィの、それが精一杯の抗議だった。

「ふむ。其方に恥ずかしい思いをさせた詫びだ。余にも食わせるがいい」

「ええ……」

「ほれ」

あ、の形に口を開けたリグネにエリィは「ぐぬぬ」と唸った。

周りは既にお腹いっぱいという顔をしているが、視線はこっちを向いたままだ。

（そんなに気になるなら自分の連れにやってもらえばいいのに……うう……）

綿雲のようなケーキをスプーンに載せ、エリィはリグネの口に持っていく。

さすがに座ったままだと届かないため身を乗り出してスプーンを近付けるのだが、近付けば近付くほどリグネの顔が近くなって、心臓がドクンドクンと早鐘を打った。

（これはこれで……恥ずかしい……）

曲線を描いたリグネの眉や、口の中の鋭い犬歯、よく磨かれた艶やかで綺麗な角。

ふわりと漂う、灰と汗が入り混じった竜族独特の匂い。

（頭がくらくらする……死んじゃいそう……）

ぱくん、と。リグネの口がエリィのスプーンを呑み込む。

エリィはすぐに離そうとしたのだが、リグネはなかなかスプーンを離さなかった。

黄金色の瞳は熱を帯びてエリィを見つめている。

その瞳の引力に、なぜだか目を離せなくて――。

「～～～～っ、はい、終わり！　終わりです！」

「む。いいところだったのだが」

（いいところって何……もぉ……顔が熱くて死んじゃいそうだよ……）

よく分からない衝動にかられたエリィは慌ててスプーンを離し、熱くなった頬を手であおぎながら、その場をやり過ごすのだった。

魔王城に帰ったエリィは食事の時もリグネと目を合わせられなかった。

リグネは他の人と話している時は真顔なのに、エリィと目が合うとふっと目元が柔らかくなって、愛おしそうに目を細める仕草が恥ずかしくて、まともに食事も出来なかった。

アラガンやセナもリグネとエリィの様子ですべてを察したのか、微笑ましそうで。

「よっぽど楽しかったんですね、ディアナ様」

「え？」

私室まで歩いていると、セナがそんなことを言い出した。

桃髪の鬼族は「えへへ」と自分のことのように嬉しそうに、

「とても優しいお顔をされてますよ」

「そう……かしら？」

ほっぺたを触る。自分では普通だと思うのだけど、セナにはそう見えたようだった。

エリィがララを見ると「うぬ」と頷きが返ってくる。

「よき顔。魔王……サマと、うまくいった？」

「うまくいったのかは、分からないけど……」

リグネの意外な一面を見られた気がする。優しく手を引いてくれた時は嬉しかったし、デートの途中、エリィが他の魔族にちょっかいをかけられないよう気遣ってくれた。

怖くて食べられると怯（おび）えていたけれど、もしかしたらそこまで怯えなくてもいいのかもしれない。そう思っていると、セナが気遣うように言った。

「そんなに焦らなくても、ディアナ様とリグネ様はまだ出会って日が浅いのですから、ゆっくり愛を育めばいいかと思いますよ」

「……えぇ、そう、ね……」

そう言う意味じゃない、とエリィは言おうとしたのだが、

（あれ？）

（なんか、頭が、くらくらして、足、うごかな）

「――ディアナ様!?」

バタン、絨毯の上に倒れてしまった。

身体が重い。頭がトンカチで叩かれたみたいに痛かった。

視界が朦朧として、何も見えない。舌が痺れて、口の端からよだれが垂れてしまう。

（何だろう……これ……すごく痛い……苦しい……）

（もしかして……わ、たし……死んじゃうの、かな……）

（それは、いやだなぁ……）

自分を呼ぶ誰かの声を聞きながら、エリィは意識を手放した。

「――ディアナ様！」

セナのよく通る声は、魔王城の廊下に響き、食堂にまで届いていた。

ちょうど執務室に行こうとしていたリグネは目をひん剝いて振り返った。

ちょうどエリィが絨毯に倒れるところだった。

「エリィっ!!」

セナが泣きそうな顔でエリィを揺さぶっている。

見れば、エリィの顔面は蒼白で、見るからに嫌な汗が流れていた。

「周囲の敵影……なし。襲撃じゃない。魔術をかけられた気配もない。となれば……」

リグネが駆け寄ると、護衛メイドのララが冷静に状況を報告した。

「毒。これが、魔族側の答え？」

「……」

射殺すような瞳を受け止めて、リグネはエリィの足元に膝をついた。

体温がどんどん冷たくなっていくのが分かる。

念のため身体を魔力で探ってみたが、魔力の反応はない。

「エリィ、エリィ……しっかりせよ。エリィっ!!」

返事はない。おそらく遅効性の致死毒。

ララの言う通り、魔族由来のもので間違いはないだろう。

「……原因はあとで究明する。今は一刻も早くエリィを助けねばならん」

「エリィが死んだらお前を殺す」

「貴様、魔王様に対して不敬であるぞ……!!」

「黙れ、アラガン。今は言い争っている場合ではない」

胸に耳を当てると、エリィの心臓の音が弱くなっていくのが分かる。

リグネはエリィを頭の後ろから持ち上げ、ゆっくり顔を近付けた。

「苦しい思いをさせてすまぬ。エリィ」

「……」

「今、助ける」

口の端から炎を吐き出しながら、二人の影が重なった。

「なにを」

「黙って見ていなさい。あれが魔王様の炎です」

金色の炎がリグネの口からエリィの体内に入り込み、身体に回った毒だけを燃やし尽くす。エリィの身体が金色に輝くと同時に、だんだんと顔の血色がよくなっていった。

途端、エリィはびくんびくんと痙攣(けいれん)する。

かは、と彼女は血を吐いた。

ふぅ、ふぅ、と荒い呼吸を数度。

リグネが険しい表情で見守っていると、やがて、すぅ、すぅと息が落ち着いていく。

「………ひとまず、峠は越えたか」

毒は燃やし尽くしたが、毒が壊した細胞までは元に戻らない。

命に別状はない、と言いたいが、あいにくとリグネは医学に詳しくない。

「部屋に連れて行く。早急に医師を呼べ」

「はッ」

「それが終われば料理長と、今日、余が回った店の店主全員を呼び出せ。其方のことだ。余がどの店を回ったかということくらい、把握しておろう？」

「……もちろんでございます」

リグネはエリィの顔にかかった髪を愛おしげに払いのける。それは魔王らしからぬ優しい手つきで、その仕草だけで彼がエリィを思う気持ちが察せられるものだった。

「余は平和を愛する。ようやく手にした両種族の平和を乱し、あまつさえ、か弱き王女さえ手にかけようとする外道は、決して許さぬ」

次の瞬間、彼の顔は冷酷な魔王のそれに変わった。

「見つけ次第、八つ裂きにしてやる」

私室に運ばれたエリィは医師の診察を受ける間も眠り続けていた。

身体に外傷はない。一見、穏やかに見える寝顔には影が落ちていた。

蛇人族の男性医師はエリィの身体にぺたぺたと触れて、しゅー、と舌を鳴らした。

「初期段階で毒を焼いたことが幸いしましたね。このままいけば、命に別状はありません。正直、どんな毒かは血液検査をしなければ何とも言えませんが……」

「どうでもよい。とにかくエリィは助かるのだな？」

「はい。それは安心していいかと」

ホッ、とその場の全員が安堵（あんど）の息をついた。

「よかった……我が主様（マスター）……本当によかった……」

「ひとまず最悪の事態は免れたようですね」

「寝ている間も定期的に汗を拭いて、目が覚めたら安静にさせてください。私は別室で待機しておりますので、何かあれば呼んでいただければと」

「あぁ、頼む」

「……魔王城に勤めて以来、役目があるとは思いませんでした」

蛇人族の医師はそう苦笑しながら部屋を出る。

静寂のなか、エリィの息遣いだけが聞こえていた。

「……さて、エリィが助かるとなれば、やることは一つだ」

「誰が我が主様（マスター）を傷つけたか……ですね」

「うむ。アラガン?」

「既に部下を動かしております。数時間以内に容疑者全員を連れてきます」

「分かった」

「犯人を見つければおしまい?」

その場でただ一人、魔族ではない護衛メイドの声音は厳しい。

「魔族が原因でエリィは倒れた。責任は」

「……すべての責は余にある。毒を止められなかった」

「エリィは人族の女の子。お前のように身体が強くない。危機感が足りなさすぎる」

「貴様っ、黙って聞いていれば」

「アラガン」

いきり立つケンタウロスを目で制し、リグネはララを見下ろした。

片目を隠した護衛メイドは魔王を相手に物怖（ものお）じせず睨（にら）み返してくる。

いつもは無表情な瞳の奥に、決して消えることのない炎が見えた。

「人族と魔族が婚姻する意味、お前は分かってない」

「……あぁ、その通りだった」

リグネは無敵ではないが、身体が頑丈に出来ていることは確かだ。人族と違って遥かに強靭（きょうじん）な肉体、特殊な魔力は、本来感じるべき危機感すら見落としてしまう。

「今後はもっと丁重に扱うと誓う。犯人は見つけ次第、八つ裂きにする」

「それで？」

「エリィには伏して詫びよう。二度とこんなことは起こさない」

「……ふん、どうだか」

ララは窓辺の椅子に座って杖を抱いた。

「所詮、人と魔は分かり合えない。これからも、きっとこんなことはある」

戦場を経験した魔術師の達観した言葉はそれぞれの心に、水面へ石を投げ込んだような波紋を立てた。千年以上も繰り返された、異種族間の悲しき定め。

「それを起こさないために……余は魔王になったのだ」

「……」

「今よりエリィの看病を始める。全員、外に出ていけ」

リグネの言葉を皮切りに、その場は解散となった。

二人きりの室内で、リグネはタオルを取り替える——。

第四章　人と竜と

黒い竜が、歌っている。
竜の足元には胸に風穴が空いた竜の死体があった。
紅緋色の体軀には無惨な傷跡が無数に刻まれている。
竜は唄い続ける。噴煙をまきあげる火山の中、地平の彼方までその声は響いていく。
それは灰に運ばれ、雲に溶け、雨となり、虚しく溶けゆく鎮魂歌。
『なぜだ……なぜお前が死なねばならぬ。赤き音のアルザネス』
歌が好きな竜だった。
戦いよりも小動物たちの拠り所となり、雲海山の頂上で昼寝をするのが好きだった。
誰よりも穏やかで、自分で作った楽器で宴を盛り上げる、気のいい竜だった。
『友よ……貴様をこのような姿にしたのは、一体誰だ』
黒竜は首を巡らせ、矮小な者共を睨めつけた。
『貴様らか……我が友を殺した愚者共は』
煌びやかな鎧を纏い、剣や杖を手に、黒き竜と対峙する、矮小なるヒト共。
「増援⁉　竜に仲間がいたのか⁉」

「不味いわ。こっちはかなり魔力を消耗してるのに……」
「諦めるな。やれるさ、俺たちなら！」
あるいは彼らは英雄なのだろう。
ドラゴンを討ち、宝を手に入れ、人々に歓呼と共に迎えられる英傑なのだろう。
だが、討ち取られた竜にも友が、家族がいる。
大事な者を殺され、死体を辱められ、その一部を武器に同族を殺される。
竜にとって彼らは英傑ではない。唾棄すべき簒奪者だ。
ヒトに被害をもたらしたならいざ知らず――。
ただ穏やかに、そこに住んでいるだけの竜を、殺すだけの理由があるのか。
『――――――――――!!』
黒き竜は雄々しく翼を広げた。
紅火色の瞳がぎらりと煌めく。瞼に溜まる光は、彼が持つ魔力故か、あるいは……。

友よ。あぁ、友よ。
貴様のために歌を歌おう。
のどかな草原の上で翼を広げ、貴様の好きな動物たちと共に。
竜の楽園でまた会おう。友よ――。

悪夢が終わっていく。

夢の深海から浮上したエリィは瞼を震わせた。

「……ここ、は」

少しずつ見慣れて来た魔王城のベッドはふかふかで、雲に包まれているよう。

夢の中で見た火山の景色とはかけ離れていて、胸の中に妙な余韻があった。

(今のは……)

夢のことを考えたいのに、頭が働かない。

ぼーっとしていると、黒い影が目に入った。

「エリィ。起きたか」

「……リグネ様?」

リグネはホッとしたように微笑(ほほえ)んだ。

「うむ、余だ」

「わたし……どうなって……」

「……慣れない環境で疲れが溜まっていたようだ。すぐ治るから心配ない」

「そう、なんですか……」

言いながらも、本当かな。とエリィは思う。

エリィはメイドとして働いて来たから、体力はあるつもりだった。疲れ程度で倒れるほどヤワではないし、倒れる前に感じた恐ろしい痛みは、疲れとは関係ないように思う。

（まぁいいか……頭痛いし……身体熱いし……）

「ララは」

「外に出ている。用があるなら呼び寄せるが」

「いえ……大丈夫です……」

いつもの定期報告だろうか。

体調不良と聞いたディアナが心配していなければいいけれど。

そうこうしている間に白衣を着た蛇人族がやってきて、エリィの身体を診察した。

「……うん、大丈夫そうですね。食欲は？」

「あんまり」

「そうですか。でも軽く食べてください。食べれば身体がなんとかしてくれます」

「はい」

とにかく安静にしてください、と医師は言った。

そのうちララやセナ、アラガンもやってきたが、見舞いに応えられる元気もなく、あまり大勢が近くに居ても落ち着かないということで、またリグネと二人きりになった。

「すまんな。エリィ」

「どうして……謝るんですか？」

「……」

リグネはエリィの手をずっと握っていた。

温かくて、ざらざらしていて、男らしく筋張った手だった。

熱に浮かされた頭は照れを忘れさせ、その手を握り返していた。

「……………夢を、見ました」

「夢？」

「リグネ様が……いました」

黒い竜が啼いていた夢。

友を踏みにじられ、慟哭し、ヒトを憎み、戦いへ身を投じた記憶。

それは憧れていた冒険譚の一説、ドラゴン退治をした勇者の裏話のようで。

友を想い、涙を流す竜は、今のリグネを彷彿させる優しい怒り――。

「赤い竜がいて……勇者さんみたいな人たちと……戦って……」

ただただ悲しくて。

「歌っていたのか」

ぱちぱち、とエリィは目を瞬かせた。

「……どうして、分かるんですか？」

「余の記憶だからだ」

「……？　夢が、記憶？」

「余の魔力を通じて記憶を覗いたのだろう。ない話でもない」

リグネはエリィの手の平を広げて、真ん中から手首まで線を引くように指で撫でた。

「魔力とは体内のエネルギーであり、万物の源でもある。ある学者は魔力にこそ魂は宿るのだと言った。記憶が結びついていてもおかしい話ではあるまい」

「なんで、リグネ様の魔力が……？」

「手を握っていれば、その手を通じて微細な魔力が流れる。本来ならお互いの魔力がぶつかりあって相殺されるのだが……」

黄金色の瞳が複雑な光を帯びてエリィを見た。

「其方は魔力の抵抗が少ないようだ。察するに、魔術の素養もなかろう？」

「……そうですね。メイド長からよく叱られました……何も出来ない子って……」

「メイド長？」

ハッ、とエリィは首を横に振った。

「い、いいえ。こっちの話です……」

（危ない……ボーッとしてて何も考えずに口走ってた……）

焦りながらも、エリィの心は一つの疑問に囚われていた。

もしも先ほど見たのがリグネの記憶であるなら――。

（最近夢に見ている女の子は、一体誰の――）

「ともかく目が覚めてよかった」

リグネは立ち上がった。

「余は片付けねばならぬことがある。少々外すぞ。其方はゆっくり休め。よいな」

そう言って去ろうとするリグネの服の裾を、エリィは思わず摑んでいた。

「エリィ？」

振り返ったリグネは戸惑っている。

エリィは体調不良とは別種の熱さを感じながら、消え入りそうな声で呟いた。


「……行っちゃうの？」


きっと、夢のせいだ。

あの夢のせいでさっきから胸にぽっかり穴が空いたみたいで。

すごく不安で、悲しくて、怖くて。

「そばに、いて……？」

（あう……わたし、何言っちゃってるんだろ……）

エリィは急に恥ずかしくなって、布団で顔を隠した。

ちょこん、と目から上だけ頭を出す。

リグネは一瞬間を置いて、優しく微笑んでくれた。

「分かった。其方が望むなら」

「……手、握って欲しい」

「いいとも」

体調が良くなったら、全部熱のせいにしよう。

こんな風に甘えてしまうのは、身体が弱っている時だけだからと。

(あんな夢を見たからかな……。リグネ様が全然、怖くないや)

もちろん怖いところもある。リグネがアルゴダカールを殺そうとしたことは忘れないし、人族にとって魔王は恐怖の象徴で、その気になればエリィを縊(くび)り殺(ころ)せることも変わらない。だけど、それでも、それだけではないのだと知った。

(友達のために怒れる人が……悪い人なわけ、ないよね)

それだけ分かれば、今は十分だ。

この不安を紛らわせるために、リグネには傍(そば)にいてもらおう。

「えへへ……あったかい……」

今はもう少し、このまま――。

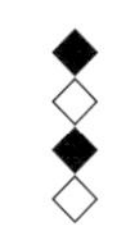

「其方は本当に、可愛いやつだな。エリィ」

寝息を立てるエリィの額を愛おしげに撫で、リグネはそっと立ち上がった。

繋いでいた手にはまだ温もりが残っている。これを守るために動くのだ。

「行ってくる」

誰にともなく呟き、リグネはエリィの私室を後にする。

部屋の外にはセナやララ、アラガンが待機していた。

無表情のララがエリィの部屋を覗き、リグネを振り返る。

「姫に変なことしていたら殺してた」

「そうなったら私がお前を殺していましたよ」

ケンタウロスが不機嫌そうに応じ、セナが一歩踏み出す。

「あの……魔王様、我が主様のご容体は……」

「眠っているだけだ。傍についていてやれ」

「はい！」

「ん。お前に言われるまでもない」

護衛二人が部屋の中に入ると、リグネは歩き出した。

「それで、首尾は」

「犯人を捕らえました。現在、広間に拘束しています」

「よくやった」

リグネはお辞儀するアラガンを置いて一人廊下を進む。

「後は余がやる。其方は下がっているがよい」

「は」

荘厳な大広間は寒々しく、リグネの他には犯人しかいない。

かつ、かつ、と恐怖を煽るように歩いてやると、犯人はびくりと震えた。

玉座に腰を下ろしたリグネは口の端から黒い炎を出し、犯人を見下ろす。

「やってくれたな――ノヴァク夫人」

「……っ」

犯人は――妖精族のノヴァク夫人はゆっくり顔をあげた。

「魔王様……」

「エリィのケーキに毒を盛ったのは貴様だな」

魔都アングロジアで茶屋を営む妖精族の女。

エリィとリグネがケーキの食べさせ合いをした店の店主こそ犯人だった。

「貴様は共に平和を愛する同志だと思っていたんだがな」

「あなたが悪いんじゃないですか！」

ノヴァク夫人は幼い顔立ちを憎悪に染めて叫んだ。

「あなたが人族なんかと婚姻を結ぶから！　私の子供たちが人族の玩具にされて、無惨な姿で帰って来たことを知ってるくせに……よりによって人族なんかと!!」

「それでエリィを殺そうとしたのか。彼女を殺したところで貴様の子は帰ってこぬというのに」

「それがどうしたんですか。私の気は晴れます」

ノヴァク夫人は堂々と言った。

「夫に先立たれてからこちら、私には子供たちしかいなかった。その子供たちが無惨な姿で帰ってきて、私に残されたのは恨みだけ。人族が大事にしている王女様を殺せば、あいつらは思い知るでしょう。私の恨みを。あなたは知るでしょう。平和というものが幻想でしかなく、殺し合った種族が分かり合うことなんて、絶対にないということを！」

「……」

ストン、とノヴァク夫人は表情を落とした。

「それで、あの娘はどうなりました？　死にましたか」

「貴様が知る必要はない」

「まぁあなたのことですから、どうせ助けたのでしょう。でもね、もう無駄ですよ。もうすべては終わってるんです。あなたが愚かにも私の店に来た、その時にね！」

「遺言はそれで終わりか」

ノヴァク夫人の前に大きな影が伸びた。

火花が散る。翼が彼女の頭上を覆い隠した。

『其方の店のケーキは好みだった。実に残念だ』

黒き竜の紅火色（ルベライト）の瞳が、ノヴァク夫人を正面から見据える。

魔族の絶対者、真正の怪物。古き牙のヴォザーク。

「わ、私を殺したところで……何も変わらない！」

『それがどうした。余の気は晴れる』

口の端から黒い炎を出し、リグネは言った。

『いたいけな少女一人守れなかった余の不甲斐（ふがい）なさを、雪（そそ）がせてもらおう。貴様の死を以（もっ）て全魔族に布告する。余の花嫁に手を下した者の末路をな――』

「や、やめ」

――ばきッ!!

ばりぼりくちゃべちゃかちぼちぼちべちゃぁ……。

第五章　ニセモノ姫の受難

声が、聞こえる。

目覚める前、夢と現実の区別がつかないぼんやりした中で。

「我が主様（マスター）、なかなか起きませんね……大丈夫でしょうか……」

「ん。ここは王子様の口付けで起こすべき。後輩、やれ」

「そんな、我が主様（マスター）のお口をわたしが汚すなど…………いいんでしょうか？」

「魔王が初めてを奪った。一回も二回も変わらない。すべてはエリィのため」

「そうですよね……我が主様（マスター）のためですし……不肖セナ、いきます!!」

何かが身体（からだ）の上に乗り掛かる。

頬を挟まれ、柑橘（かんきつ）類の匂いがふわりと漂った。

パチリ、と目を覚ます。

「…………何してるの？」

「我が主様（マスター）！　お目覚めになられたのですね！」

眼前、目を輝かせたセナの顔があった。

桃色の髪が鼻先をくすぐる。一本角は額に触れそうな距離だ。

　エリィは今、セナに馬乗りにされているような状況だった。

「……起きましたけど……これは一体……」

「はい、実は魔王様に看病を任されたのですが」

「おはエリ」

　そっと顔を傾ける。無表情のララが可愛らしく顎に手を当てていた。

「なかなか起きないからキスしたら起きるかと思って」

「と、先輩が言ったので、このように！」

（いや何教えてんの⁉）

「てへぺろ」

（てへぺろじゃないよ！　危うくセナちゃんに襲われるところだったんだから！）

　男性相手でもしていないのに、女の子とするのは想像できない。将来、自分が愛する人が男女どちらか分からないけれど、そういうことは大切な人としたい。

（寝てる間に失うなんていやだよ！　わたしの初めてのちゅーが！）

「でもどの道、既に魔王が……」

「魔王様がどうかされたの？」

「……ん。なんでもない」

「？　そう」

何やらララが気になることを言っていたような気もするが、目覚めたばかりでお腹が空いたエリィとしては、まず食事を済ませたいところだった。

「もう大丈夫なのですか？」

「えぇ、万全ですわ。食堂に行きましょう」

「それでしたらまず、お召し物を替えないと」

セナに着替えを手伝ってもらいながら、軽く身なりを整える。

お化粧もちょっとした。ディアナに貰ったドレスを着ようとすると、

「我が主様、よろしければこちらを着てみてはいかがでしょう？」

「え？」

セナが差し出してきたのは着流しのようなドレスだった。

鬼族風の意匠だ。袖丈が長く、黒地に花柄があしらわれている。羽織るタイプなのか、胸元で交差するように生地が重なっていた。

「魔族が着る伝統的な衣装です。竜族や鬼族など、力ある種族はこれを好みます」

「そういえば、魔王様も似たタイプの服を着ていらしたわね……」

「はい！　ですので、我が主様が着ていかれたら喜ぶのではないかと」

「……そうね」

（リグネ様が喜ぶ……可愛いって、言ってくれるかな……？）

眠る前のあれこれを思い出してしまい、エリィは頭から湯気が出そうな思いだった。

体調不良のせいにして色々とやらかしてしまった自覚はある。今からアレは気の迷いだったとどうにか伝えなければならないのに、こんな服を着ていいものか。

「この服を着たら……魔王の妻らしく見えるかしら」

「ええ、より一層ディアナ様の魅力が輝くかと！」

「……そう」

（あくまでニセモノ姫として、魔王の妻を演じるためだから。それだけだから）

格好の言い訳に飛びついたエリィはセナが勧めてくれたドレスを着ることにした。

いつも着ているドレスより袖が幅広いし、気を付けていないと何かに引っ掛けて破いてしまいそうだ。幸い靴はヒールの低いものだったので、転ぶことはなさそうだけれど。

「わぁ……大変お似合いですよ、我が主様（マスター）！」

「そう？」

ララのほうを見ると、彼女は親指を立てて言った。

「ん。似合ってるぞよ」

「……そっか」

褒められて悪い気はしないエリィだった。

「じゃあ行きましょうか」

エリィが目覚めたことは使用人を通して伝えられ、魔王城は明るい雰囲気に包まれていた。魔王城に初めて来た時のような、刺々しい視線は感じない。

豪華な絨毯が敷かれた道が、エリィの快復を祝福する花道のようだった。

おそらく、いや間違いなくリグネが何かを言ったのだろう。

(まぁ、わたしニセモノなんだけど……)

それでも大事にされて悪い気はしない。エリィは単純なのである。

「魔王様……この服、褒めてくださるかしら」

「もちろんです。むしろこの服で褒めないなら不肖わたしが魔王様にワンパンします」

「そこまで?」

「妻を大事にしない夫に生きる価値はありません!」

「魔王様に死ねって言ってるけど大丈夫⁉」

過激すぎる発言に思わず素で突っ込んでしまうエリィだった。

冗談です、と言われたけれど、セナが言えばまったく冗談に聞こえない。

(ほんと、会った時の反動なのか、すごい過激になってるもんなぁ……)

この子は主がニセモノの姫であることを知ったらどんな反応をするんだろう。

過激な未来がありありと想像できてエリィは妄想を振り払った。

「……」

服を見る。窓で髪をチェック。うん、問題なし。

広間の前に立ち、胸に手を当て、ゆっくり深呼吸。

「よし」

浅葱色(あさぎいろ)の瞳に決意を灯(とも)し、エリィは広間の扉を押し開ける――。

――ばきッ!!

最初に聞こえたのは異音だった。

硬い何かを砕く音。ガラスとも違う、枝を丸かじりして貪っているような。

ばりぼりくちゃべちゃかちぼちぼちべちゃぁ……。

「え?」

そしてはっきりと、その光景が目に飛び込んでくる。

「ヌ」

リグネは広間にいた。珍しく竜の姿で間食をとっているようだった。

黒い口元は真っ赤に染まっている。尻尾は不機嫌そうに揺れていた。

エリィを見た瞬間、真っ赤な間食をしていたリグネの顔が明るくなる。

『エリィ。起きたのか』

「リグネ様……」

『もう大丈夫なのか。体調はどうだ』

むせかえるような血臭が鼻腔を刺激し、エリィは咄嗟に口元を押さえた。

見れば、リグネの足元には赤い何かが転がっている。

顔があった。眼球を抉られている。エリィが見たことのある魔族だった。

「ノヴァク、さん……？」

物言わぬノヴァクの骸はバラバラになり、内臓や骨が露出している。

『しかしその服も似合っているな。うむ。さすが余の花嫁だ』

「……」

リグネの口元は血に染まり、血管らしきものが垂れていた。

骨を噛んでいたのか、硬いところをプッ、と吐き出す。

こちらの視線に気付いたリグネが恥じるように顔を背けた。

『見苦しい所を見せたな。今、着替えるから待っておれ』

「あの……なにを……なんで……ノヴァクさんが、そこに……」

リグネは足元を見て顔を顰めた。

『こやつは罪を犯したのでな。余が殺し、食った』

「く、食った？」

声が上ずっている。

心臓がどくんどくんと早鐘を打ち、身体中から冷や汗が出て来た。

「なんで……あんなに……明るくていい人を」

お似合いね、と彼女は言った。

人族のエリィに対しても優しく、店の雰囲気を明るくする良い人だった。

食べさせ合いを見られたのは恥ずかしかったけれど、微笑ましそうな目は優しかった。

「なんで、なんで殺したんですか⁉」

『エリィ？』

リグネはようやくエリィが何を糾弾しているのか気付いたらしい。

言葉を探すように視線を彷徨わせたリグネを見かねたのか、セナが囁いて来た。

「我が主様、古き魔族には殺した命を必ず食べる掟があります。あの者は決して許されない罪を犯したことにより捕縛され、魔王様が直々に処刑をされました」

「処刑っ？」

「人魔講和条約を台無しにしようとしたのです。あの者は死んで当然です」

『セナ』

余計なことを言うなとリグネが射殺すような視線を向ける。

エリィの頭の中はパニック状態だった。

——許されない罪ってなに？

——処刑？　そんなに悪いことしたの？　あの人が？

エリィにはノヴァク夫人がそんなことをするとは思えなかった。

むしろアルゴダカールたちを散々脅していた時のように、リグネが暴力に任せて殺したとしか思えなかった。もし本当に彼女が人魔講和条約を台無しにしようとしたなら、罰は受けるべきだ。それが本当になったら大勢の人が死ぬのだから、百歩譲って処刑するのも仕方ないかもしれないけど。

それでも。

「いや、食べるのはダメでしょ……」

それを分かっていても、拒否感がある。

リグネも、セナも、殺して食うということに何の疑念も抱いていない。

そのことが何より恐ろしく、耐えがたかった。

「こ、殺すのは、仕方ないかもしれないけど……食べるのは、ダメでしょ」

「何が悪いのですか、我が主様（マスター）？」

無邪気なセナが、首を傾（かし）げる。

「命は連綿と受け継がれていくものです。わたしたちは殺した命を食べ、そのわたしたちはやがてさまざまな生物に捕食されて死に、土に還（かえ）ります。そういうものなのです。むしろ、命を奪っておいて放置する人族のありようこそおかしいのでは？」

「……じゃあ」

リグネもセナと同じ意見なのか、何も言わない。

だからエリィはどうしても聞きたくなって、口を開いた。

「じゃあリグネ様は、人族を殺した時も、同じように食べるんですか？」

『あぁ』

リグネは平然と言った。

『それが必要であれば、殺して食う』

「……っ」

『そんなことより、其方は自分の身体を大事に――』

「そんなこと？　そんなことってなんですか？」

今、分かった。

人族が魔族に嫁ぐという意味を、まったく理解していなかったことを理解した。

おそらく数千年も前から繰り返された――異種族への忌避感。

「わたしは、殺した人を食べるなんて、理解出来ません」

「……」

「何のために法律があるんですか。死刑にするにしても、その命を他の動物が食べちゃダメなんですか？　なんで理性のあるリグネ様が、動物みたいな真似(まね)をするんですか？」

『動物だと？』

「だってそうじゃないですか」

彼らが言っているのは真理でもあるが、あくまで野生の真理だ。

言葉を紡ぎ、意思を交わし、文明を築き上げた者たちの真理ではない。

命を奪うその重みが、人族と魔族では絶対的に違うのだ。

ヒトはヒトを殺してはならない。

ヒトはヒトを食べてはならない。

ヒトを裁くべきは法である。そうして秩序は保たれている。

『だが、我らは異種族だ』

リグネは犬歯を剝き出しにして言った。

『理念も習慣も何かも違う、その互いに異なる部分を受け入れねば平和は成らぬ』

「い、一方的に、そちらの文化を押し付けないでください」

『エリィ。余は――』

「来ないでっ!!」

エリィはじりじりと後退った。

「わたしには……理解出来ません。理解、したくありません。ヒトを、食べるなんて」

『……』

「分かり合えるかもって、思ってたのに」

リグネは語らない。

なぜなら彼にとってそれが当たり前だからだ。

エリィは彼らの世界の異物で、きっと、だから、分かり合えない。

「リグネ様なんて――大嫌い！」

『エリィ！』

踵を返したエリィは広間の扉を開け、必死に走った。

走る。走る。走る。

薄暗い魔王城の廊下はさっきと違って寒々しく、入り組んだ道は迷路のようだ。

魔王城で暮らし始めて日も浅いエリィはどこがどこに通じているのかも分からない。

侍女たちが何事かと目を向けてくる。角と尻尾が生えただけの人型に近い彼女らが、今のエリィにはどうしようもなく怪物に見えて、恐ろしくなって悲鳴をあげた。

逃げなきゃ。早く、ここから。一歩でも遠くへ。もっと早く。

（怖い、やだ。分からない。分からない。分からないよ……わたしには、分からないよっ!!）

どうして優しかったリグネがあんなことをしたのか。

デートの時に見せた彼のさまざまな表情が浮かび、泡のように弾けては消えていく。

（もうやだよ……助けてよ……ご主人様ぁ……）

光の軌跡を残しながら、エリィは走り続けた。

「よろしかったのですか、魔王様」

エリィが去った後の大広間。

アラガンは四つの足を不機嫌そうに打ち鳴らしながら進言する。

「本当のことを言えば、王女も――」

「よい」

人の姿に戻ったリグネは感情を窺わせない声音で言った。

「気のいい顔をして其方を毒殺しようとした者がいた――そんなことを教えても、ますます恐怖するだけであろう。最悪、いつ毒殺されるかに怯え、食事も摂らなくなる」

「……それはそうですが、毒見という手段も」

「今回使われたのは遅効性の猛毒だ。その場で食べて毒が効かなかったからといって、エリィが魔王城で安心して暮らせるようになるのか？」

「……」

リグネの声は淡々としていて、ただ事実だけを述べていた。

いつもは尊い魔王の横顔を、アラガンは覗く気になれなかった。

その声の力なさこそが彼の心を表しているように思えて。

「あ、あの……よろしいでしょうか」

遠慮がちにセナが手をあげる。

リグネが顔を向けると、彼女はエリィが去ったほうを見ながら言った。

「今回、ノヴァク夫人が我が主様（マスター）を毒殺しようとしたのは分かりました……が、彼女はそれでどうやって人魔講和条約を台無しにしようとしたのでしょう」

「……どういう意味だ」

「だって、魔王様が我が主様（マスター）の死を隠せば人族には伝わらないはずですよね？　ただでさえ魔族領と人族の土地は距離が離れているわけですし……」

彼女はどうやって、王女の死を人族に知らせるつもりだったのでしょう――。

静寂に満ちた空間に落とされた一滴の疑問が波紋となって広がり、リグネとアラガンは同時に結論に達した。

「つまり――」

「魔族側に内通者がいる。そしてそれは、エリィに近い者――」

アラガンは周りを見渡した。大広間にはリグネと自分、セナしか居ない。

忌まわしくも見慣れた小柄な少女は――。

「あのメイドは、どこに行きました？」

どれくらい走り続けたのだろう。

薄暗い廊下を走り切り、渡り廊下を越え、中庭を横切り、地下を走った。

地下の河を越え、不安になってまた走り、地上に出たら見知らぬ場所だった。

「……ここは」

雲を突くような巨大な尖塔がある。

エリィの身の丈よりも大きな石を組み上げた尖塔は見上げても先が見えない。

「もしかして、幽閉塔……だったり？」

かぁ、かぁ、とカラスが鳴く。

襤褸を被ったゴーストが塔の周辺を飛び回り、背筋が寒くなるような風が吹いていた。

後ろを見ると、地下に通じる階段がある他は、吹きさらしの岩山のよう。

地平線より遠くに、魔王城の姿が山脈のように聳えていた。

「こんなところまで来たんだ……」

よろよろと、エリィは塔に続く階段に腰を下ろす。

膝を抱え込み、魔王城を見てから、そっと俯いた。

（帰る場所……ないなぁ）

あんなに言いたい放題言って、逃げ出して、魔王城に帰れるわけがない。

そうでなくても、ヒトを食べる怪物の住処に帰るのは抵抗があった。

（まさかヒトを食べるとかさ……思わないじゃん……）

エリィはずっと勘違いしていた。

リグネやアラガン、セナなど魔族は異形の者たちばかりで戸惑うこともあるけれど、同じ言葉を話し、同じものを食べ、笑い合えることが出来るのだから、ヒトには違いないと。

変に怖がるだけ時間の無駄、それより今日のご飯を考えることが大事、と。

けれど、あそこにいたのは化け物だった。

決してヒトではない。

ただエリィが自分を安心させたいがために都合のいい虚構を作り上げ、リグネは人間なのだと思い込もうとしていた。それが今回の真相だ。

理解できない。理解してはならない。

それなのに――。

「……」

ズキ、と痛む胸をエリィは押さえた。

最後に手を伸ばしたリグネの顔を思い出すと、なぜだか切なくなる。

血まみれだったけど、あの顔は――。

「エリィ。やっと見つけた」

声が聞こえて顔をあげる。メイド服を着た蒼髪（そうはつ）の少女がそこにいた。

「ララちゃん……」

「ん」

ララはエリィの隣に腰かけた。

ふぅ、と息をつく。

「捜した」

「……ごめん」

「許す。うちは寛大」

それきりララは喋（しゃべ）らなくなった。

空を見上げると、いつも星が見えていた空は真っ黒に曇っている。

光を遮られた魔族領域は薄暗く、魔石灯の光が仄（ほの）かに周囲を照らしていた。

白い息を吐き、エリィは手と手をこすり合わせる。

「……寒い」

「火、いる？」

ララが手を出すと、魔術陣の上に火の玉が浮かんだ。

かじかんだエリィの手が炎に照らされてほぐされていく。

「ありがと」

「ん」

「ララちゃんって、魔術師らしいこと出来たんだね」

「失敬な。うちは偉大な魔術師。鬼族の祭儀を忘れた？」

「忘れてた。まだ一週間も経(た)ってないのにね」

「エリィはお馬鹿。もう物忘れが始まってる」

「うー。おばあちゃんになりたくないかなぁ」

「その発言が既におばあちゃん」

「なにそれ、理不尽すぎない」

「現実は理不尽なものだから」

「急にどうしたの」

「言ってみただけ」

「なにそれ」

くすくす、とエリィは笑った。

魔王城に来て以来、一番自然に笑えたような気がした。

くだらないことで笑い合い、オチもつかない言葉を交わす有難(ありがた)さが胸に染みる。

（そういえば、あのデートの時も……）

「悩んでる？」

問われて、エリィは俯いた。

「……分かんないの」

「何が」

「リグネ様のこと……」

正直に告白すると――。

つい昨日まで、エリィはリグネのことが嫌いではなかった。

もちろんすぐに殺すだのなんだのとの暴力的な発言は怖かったけれど……。

魔王として彼が見せる威厳や頼もしさ、ふとした時に見せる優しさや、照れずに褒めてくるまっすぐさ、あんなに強いのにチョコが好きなところなど、人間味を感じていた。

むしろずっと平和のために頑張っているところがすごいと思えて。

「だけどあの人は、ヒトじゃないんだよね」

――曰く、その牙は人肉を貪る悪しき魔の王なり。

あの噂は本当だったのだ。

リグネは殺したヒトを食べる。それが彼の命に対する在り方だから。

人間とは異なる価値観、エリィには理解しがたい、隔絶した種族の壁。

近いようで遠い、そんな彼の歩み寄りを、エリィは拒絶した。

そのことに後悔はない。だって、ヒトを食べるのはおかしいから。

おかしいけれど——。

「でも、それ以外は好きなの」

あくまで人として、ではあるが。

暴力的なところは直して欲しいとも思うが、それだけで。

実直で、頼もしく翼を広げるあのドラゴンが、決して嫌いではなかった。

「わたし、どうしたらいいのかな」

「……エリィは」

ちらりとララの横顔を見るけれど、陰になって表情が分からない。

「エリィはどうしたいの」

「わたし?」

「リグネとどうなりたいの」

「わたしは…………今のままがいい、かな」

リグネのことはヒトとして好きだったけれど、恋愛感情を持っていたわけではない。

そもそも自分はニセモノの姫だし、二ヵ月半後には身代わりを終えて帰る身だ。

だからエリィが迷っているのは、残りの期間をどう過ごすか。

「わたしは、ニセモノの姫を維持したい、かな」

「……」

「だってほら、わたしが投げ出したらまた戦争が始まっちゃうわけでしょ？」

たはは、と頬を掻きながらエリィは言った。

そう、エリィは直接戦争を経験したわけではないけれど、戦争による飢餓や貧困、死や負傷、不景気、そういったものが人々にどんな影響を与えるかは知っている。

貧民街で暮らしていた頃の日々は、食べるだけで精いっぱいだったから。

「エリィは平和がいいの？」

「そりゃあそうだよ」

殺したり殺されたり、痛いのは想像するだけで嫌だ。

平和じゃなければ美味しいごはんも食べられないし、お菓子も食べられない。

「わたしはただのメイドとして、穏やかに過ごせればそれでいいもん。まぁ今はニセモノの姫やってるけど……リグネ様じゃないけど、やっぱり平和がいいよ」

「そう」

ララは何を思ったのか腰をあげ、エリィを正面から抱きしめて来た。

突然の奇行に慌てたエリィはララの背中をタップする。

「ら、ララちゃん？　あの、これはどういう」

「エリィは優しいね」

「……うん？」

「優しくて、あったかい。もっと前に、エリィと会いたかった」

「……？　どうしたの？」

エリィの肩はララの顔が押し付けられて湿っていた。

顔をあげ、いつもの無表情を見せたララは「なんでもない」と呟いた。

「今からエリィが答えを見つけられる魔術をかける」

「ほんとっ？　そんな魔術があるの？」

「ん。占いみたいなもの。目を閉じて」

エリィは頷き、目を閉じた。短い付き合いではあるけれど、ララを頼りにしているし、全幅の信頼を置いている。身代わり役じゃなければ大の親友になっていたくらいだ。

「ごめんね」

どす、と。

致命的な音がエリィの胸を貫いた。

身体中がびくんびくんと痙攣し、膝から力が抜けて、頭から倒れ込んでいく。

「あの世でも元気でね」

呟くララの声が、耳の奥に響いた――。

（いや、わたし生きてるんですけど⁉）

◆◇◆◇

少女が魔術師としての才覚を見出された七年前。

滅びた王国の調査団に拾われ、名付け親の煙草に火をつける時のことだった。

火を必要としていたから、ただ詠唱した。

それだけで少女の人生は一変した。

孤児の魔術師として才覚を調べられ、その身の内に宿る膨大な魔力を見出され、天才だ、神童だともてはやされた。けれどそれも最初のことで、そのうちみんなが黒い感情を向けてくるようになった。化け物、怪物、ケダモノ、魔力爆弾、等々……。

初めての日以降、名付け親が陽だまり色の感情を向けてくることは二度となかった。

『貴様の才能は人族にとって有益だ。道具として私に仕えろ』

『痛いことをしないなら』

元より道具として生まれた身である。感情は擦り切れ、人にも魔にも化けられないとなれば、少女が生きられる場所はそこにしかなかった。

『兵器として生き、兵器として死ね。それが貴様の生まれた意味だ』


初めてエリィと出会ったのは、宮廷魔術師になった五年も前のことだ。

魔族戦線で魔王を撤退せしめたあの日――戦功者を労うためのパーティー。

誰もが少女の異質な力を疎み、同じ宮廷魔術師でさえ彼女を気味悪がった。

誰も近寄らなかった。誰も目もくれなかった。表向きは宮廷魔術師だが、少女が必要とされているのはもっぱら戦場で、兵器としての運用を示すことが少女の存在意義だった。

――黒、青、赤、黒、黒、赤、青、黒、黒、黒、黒、黒。

(あの笑ってる人も黒い。あの褒めてる人も黒い。みーんな真っ黒)

世界が色で見える少女には笑顔の裏に黒い感情を秘めているヒトが理解出来なかった。

真っ黒だ。この世界は。

誰も彼もが憎しみと怒りに駆られて、あの日の陽だまりに出逢えたことはない。

表向き仲良くしてくる者たちが内に秘める黒が、世界のすべてだった。

『ララ様、ご活躍おめでとうございます!』

――光があった。

『すっごい魔術だったと聞いています。これ、食べてくださいね』

エリィだけは。

メイドとして参加者たちに給仕するエリィは陽だまり色だった。

その時のエリィは王女の影武者としての立場を隠すため蒼髪のカツラを被っていて、それが自分の色と同じで驚いた。陽だまり色で、そのパーティーでは誰よりも異質だった。

お菓子なんて要らない。何を食べても味を感じたことなんてなかった。

それでも手を伸ばしたのは、同じ髪色のよしみか、それとも……。

『……甘い』

『えへへ。クッキーですからね。サクサクの甘々なのです』

『……そうなんだ』

『はい。それじゃあ、また。頑張ってくださいね』

少女は――ララはしばらくその場を動けなかった。

生まれて初めて『甘い』を知った。七年ぶりに陽だまりに出逢えた。

けれども、ララにとって陽だまり色は初めてではない。

時間が経つにつれて真っ黒に染まっていったヒトを知っているから。

（どうせ、あの子も同じ）

『ララ様！　今度はケーキを持ってきました！』

同じではなかった。

『ララ様、聞いてくださいよ、ご主人様がね、ひどいんですよ』

『すごいすごーい！　ララ様、本当にすごいですね！』

エリィはどれだけララが戦功をあげても喜ぶばかりで、少しも曇らなかった。

ディアナに怒る時も、同僚に意地悪された時も、いつだって陽だまり色。

暖かかった。得難い温もりだった。

戦場から帰るたびにエリィが出迎えてくれるのが楽しみになった。

自分はきっと、この子を守るために戦っているんだと……そう思うようになった。

何も持たない自分を照らしてくれる、大好きな陽だまり。

この子を守っていれば、空っぽの自分もポカポカする。

ヒトでも魔でもないけれど、ララとして生きてていいんだって思えた。

それなのに――。

『ディアナ姫が身代わりを用意した。コードL。貴様は偽王女を暗殺しろ』

『え』

『魔族側の内通者とコンタクトを取ってある。貴様は護衛メイドとして偽王女の傍に侍り、来たるべき時のための仕込みを終えたら、偽王女を毒殺するのだ』

『なんで』

『戦争に終わってもらっては困る。人族と魔族が手を取り合う平和？　ふん。そんなものはまやかしだ。油断したほうが殺される。これはそういう化かし合いなのだ』

ゼスタ・オーク侯爵は命令を下した。
人族と魔族の講和の証、花嫁の抹殺命令。
魔族領に花嫁として赴いた影武者の——エリィの暗殺を。
『……せっかく平和になるのに』
渋ると、ゼスタ・オーク侯爵が目を鋭く細めた。
『戦争が終われば貴様は処分される。それでもいいのか？』
『……』
確かに、兵器として生きる自分には戦争が必要だ。
戦争こそが生きる意味だった。戦い、功績をあげることでエリィは喜んでくれた。
用が無くなったら殺処分されてしまう——そういう宿命だった。
だけど、もう知ってしまったのだ。
『ララ様！』
『えへへ。お友達になれたら、嬉しいです』
『一緒にお菓子食べましょうよ、ララ様！』
あの優しさを、あの温もりを、決して色褪せない陽だまりを。
あの唯一無二の光がなくなってしまうくらいなら——。
自分がどうなろうと構わない。

『分かった。うちがやる』

ぐったりと力が抜けたエリィの身体をそっと地面に横たえる。

割れ物を扱うような手つきは切なげで、ララの指先がそっとエリィの頬に触れた。

「……さよなら。うちの大好きな陽だまり色」

無表情で呟き、ララは耳元に手を当てた。

「こちらコードL。任務を完了した」

『こちら作戦司令部。よくやった——偽王女は死んだんだな?』

「ん。心臓を一突き」

『音声データは?』

「送信した。確認よろ」

『……確認した。いや、よくやった。貴様は軍に戻り、我らに合流しろ』

「それは無理」

ララは空を見上げた。

魔王城の空から、黒き翼を広げた怪物がやってくる。

「うちは死亡扱いにするべき。よろし」

『……了解。よくぞ道具としての務めを果たしたな、コードL』

「ん。さらば」

通信が終わると、ララの髪を突風が巻き上げた。

ばさり、ばさり、と地上に降る翼の音、絶対者が君臨する音。

黒龍はヒトの姿へと変わり、黒き炎を纏う偉丈夫が現れた。

「……其方が裏切り者か、ララ」

「ノー。うちはララじゃない」

ララは地面に杖を突き、真正面から魔王と向かい合った。

そして名乗る。

「うちは魔族を殺すために作られた決戦兵器」

「人類魔族反抗戦線統合本部、実験体コードＬ」

「お前を殺す道具。覚悟しろし」

リグネは顔色一つ変えず、その言葉を受け止めた。

「そうか」

「……それだけ？」

「別に、驚くようなことでもあるまい」

リグネは肩を竦めた。

「この千年、人族は余を殺すためにさまざまな兵器を開発した――無論、生体兵器もな。

戦場破壊者(フィールド・ブレイカー)よ。貴様もそのうちの一つというだけの話だ」

ララの魔力は人族のおよそ百倍――決戦兵器として設計された作り物。

その有り余る魔力のせいで戦略級魔術は制御できずに暴走するものの――。

ひとたび戦場に放り込まれれば、絶大な威力を発揮する。

「大方、人魔講和条約に反対する諸侯からのスパイといったところか」

「大正解。もうすぐ和平反対派の軍がここにやって来る」

ララが定期報告をしていたのはディアナではなかった。

エリィの護衛になった初日、王の下にやってきたゼスタ・オーク侯爵こそが黒幕だ。

「ノヴァク夫人に接触したのも其方か」

「ん。魔族の和平反対派を通じて知り合った」

「……夫人以外に、魔族にも裏切り者が」

「戦争が終わったら困る人がどの種族にもいる」

兵器製造で既得権益を貪っている者、あるいは兵站(へいたん)を担う者、あるいは兵器の元となる鉄や魔具、魔鉱石を扱う者、幻獣ハンター、裏社会を牛耳る大物たち……。

「平和は邪魔。だからうちが送り込まれた」

「……愚かだな」

リグネは口の端から黒い炎を吐いた。

「そんなことを考える頭があるなら平和になった後でどのように生き残るか考えればいい。自分の保身ばかり考えて再び世界を戦禍に巻き込もうとするなど……」

「そうしなきゃ生きられない人もいる」

「其方もそのうちの一人か」

とんとん、とララは杖で地面を突いた。

巨大な空色の魔術陣が地面に広がり、彼女の身体から魔力が漏出していく。

「うちは戦争のために作られた道具」

「……」

「戦場にしか生きる価値を見出せない――ケダモノだから」

「だからエリィを傷つけたのか」

爬虫類(はちゅうるい)じみた瞳孔が細められる。それは見る者を射殺すような、魔王の目だ。

ララは無表情のままその魔眼を見つめ返し、不思議そうに首を傾げた。

「なぜそこまで怒る？」

「……」

「大好きな平和が台無しになるから？　魔王として欠かせない存在だから？　でも――エリィの代わりはいくらでもいる。あの子はただの女の子」

「違う」

冷淡なララの言葉をリグネが遮る。

「代わりなどいない」

噛みしめるように、彼は言った。

「エリィはエリィだ。余の花嫁は彼女以外にあり得ない」

「……聞く。お前にとってあの娘は何？」

びくり、と。

背後で横たわる体が動く気配を感じながらララは問いかける。

リグネは敵対者であるララから目を離さず言った。

「大事な花嫁だ」

「……」

「彼女が現れるまで、余は恐怖の対象だった。其方も知っての通り魔族は力こそを第一と考える。だからそれでよかった。千年もの間、余は魔族を力で抑え続けて来た」

「仕方ない。それが魔王」

「あぁ、そうだ。だが、エリィだけは違った」

エリィの前でだけはリグネは等身大のリグネ・ディル・ヴォザークで居られた。

ただ一人魔王を恐れず、まっすぐ向き合ってくれた彼女だから守りたかった。

そう語るリグネの瞳は、ただ一人を思う男の目だった。

「だから、あの子を毒殺しようとしたノヴァク夫人を殺したの」

「そうだ。許せなかった」

「なんで教えなかったの」

「傷ついて欲しくなかった」

リグネは懺悔するように言った。

「人のいい顔をして近付いたものが自分を殺そうとしていたなどと、知って欲しくなかった。魔族を怖がって欲しくなかった。知れば余の気持ちも偽りと感じるかもしれぬ」

重いため息をつき、リグネは自嘲するように肩を竦める。

「エリィが居なくなったら――寂しいからな」

「……そう。お前も同じ」

ララは無表情で頷き、振り返った。

「だって」

呼びかけたのは、地面に横たわるエリィの遺体――ではなく。

「よかったね。エリィ」

「………………あぅ」

むくり、と魔術で身体を麻痺させられていたエリィは起き上がった。

リグネが目を見開き「エリィ」と呼びかける。エリィは静かに頷いた。

「聞いていたのか」

「……はい」

「生きているとは思っていたが」

そう、エリィの胸には小さな針が刺さっていただけで、血に濡（ぬ）れてはいなかった。しばらくの間身体を仮死状態にしただけだ。ララは最初からエリィを殺す気なんてなかった。

「ララちゃん……どうして……」

「ん。うちはエリィのメイド。主（あるじ）の役に立つのは当然」

「でも……じゃあどうして通信なんか」

「どの道、人族（あいつら）は止まらない。だったら、こっちから暴発させたほうがマシ」

「だから、なんで！　なんでそんな人の言うこと……！」

ララは静かに首を横に振った。

彼女が展開する魔術陣がひときわ大きく輝き、影が伸びていく。

ララは髪をかきあげ、ずっと隠していた片目を露（あら）わにした。

リグネとエリィが同時に息を呑（の）む。

「ララちゃん、その目」

「うん」

ララの目は赤く、その瞳孔は爬虫類のような形をしている。

明らかに人族とは違うそれを覆い隠して、ララは無表情に言った。

「うちは人工生命。竜の眼を植え付けられた半端モノ」

「……っ、で、でも」

エリィは視線を彷徨わせ、俯き、もう一度ララを見た。

一瞬前とは違い、その目にもう迷いはなかった。

「ララちゃんは……ララちゃんだよ。わたしの友達だよ……」

悪女の演技も忘れてエリィは言う。

この先に起こる不穏な気配を、彼女は感じ取っているようだった。

「ん」

ララは頷いた。

「それが、エリィの答えだよ」

ハッ、とエリィはララの向こうにいるリグネを見た。

戸惑ったように揺れる視線がララとリグネを行き来する。

「エリィはもう、答えを持ってる」

「……うん」

「いい子」

魔術陣の儚（はかな）げな光がララの横顔を照らし、

——ざしゅっ!!

光の矢が、小さな胸を貫いた。

「ごふッ……」

「え」

呆然（ぼうぜん）としたのは一瞬、エリィは悲鳴をあげた。

「ララちゃん!!」

重い衝撃が胸を貫き、よろめいたララは走り寄ってきたエリィに受け止められた。

身体が重い。頭がぐらぐらする。今まで感じたことのない痛覚の発露。

「そんな、やだ、どうして、ララちゃん……ララちゃんっ!!」

「……エリィ」

「どうして……どうしてこんなこと……」

泣きそうなエリィの頬に手を当てて、ララは言った。

「うちの心臓には時限爆弾が取りつけられてるから……」

どの道、偽王女暗殺の任務が失敗すれば魔王諸共（もろとも）自爆するように仕組まれていた。何が何でも和平を許さない——それがゼスタ・オークらの執念だったのだ。

だから、ララは一計を案じた。

彼らの提案に乗った振りをして、場を整え、裏切り、魔王に自分を殺させる。

そうすればエリィは死なず、和平反対派の悪事が人族側に露見する手はずだった。

（……いつも思う通りにいかない。まぁ、これもよし）

だけど、魔王に殺されるわけにはいかなくなった。

エリィが魔王を悪しからず思っていることを知ったから。

仲直りしたいと、目が言っていたから。

エリィが生きるだけじゃなく、幸せになるために。

この陽だまり色を守るために、ララは計画を変更し、自分で自分を殺すことにした。

「大丈夫。もう爆発しない」

「大丈夫じゃないよ……ララちゃんはどうなるの」

「死ぬ」

端的に、ララは言った。

ひゅ、と息をのむと、ララは愛おしげにエリィの頬を撫(な)でた。

「エリィ。うちはお人形」

だから泣かないで。

「ララ・マイヤーじゃない。『楽しい(Lala)』の名をつけられた、ヒトじゃないモノ」

あなたに笑ってて欲しい。あなたの笑顔に救われたから。

「やだ……いなくなるの、やだよぉ……」

ぽたり、ぽたり、と涙がララの頬に落ちて、滑り落ちていく。

「わたしを置いていかないで……」

——あぁ、温かい。

ぎゅっと抱きしめられたララは満たされていた。

楽しかったな、と思う。

一緒にお菓子を食べて、一緒の布団で寝て、一緒に冗談を言い合って。

ヒトでも魔でもない、ただの兵器だけど、ララとしての幸せを知った。

もう、十分だった。

「エリィ。ありがとう」

「……っ」

ララは生まれて初めて、笑った。

「うちを大切にしてくれて……ヒトとして接してくれて」

「楽しかった。温かかった」

「エリィ。うちの陽だまり」

「さようなら……」

「ぁ、ぁあ……」

ララの瞳から光が消えて、だらりと腕の力が抜ける。

泣きわめくエリィがどれだけ胸に顔を埋めても鼓動が聞こえない。

「ララちゃん……ララちゃん……」

どれだけ揺さぶっても、大好きな友達は起きてくれなかった。

「起きて……起きてよぉ……」

「エリィ」

ずっと見守っていたリグネがしゃがんで、エリィと視線を合わせる。

「こやつはもう十分戦った。もう……眠らせてやれ」

「ぐす、うぅ、ぁあ……、ぐす、うう……」

エリィは袖で涙を拭う。そのたびに涙が溢れて止まらなかった。

もう目を覚まさないララが、どこからともなく現れたアラガンに持ち上げられる。

「あなたのことは嫌いでしたが……その忠義には敬意を表しますよ」

「……」

どうして、ララが死ななければならなかったのだろう。

人造生命だかなんだか知らないけど、ララはエリィの大事な友達だった。

それだけでよかった。それで十分だったのに。

どうして、穏やかに暮らしたい人たちの邪魔をするんだろう。

「……」

赤く泣き腫らした瞼(まぶた)をこすりながら、エリィは洟(はな)をすする。

泣いている場合ではなかった。

ララの話が確かなら、もうすぐ和平反対派の軍勢が魔王城にやってくるのだ。

「リグネ様」

エリィは顔をあげ、リグネと真っ向から向かい合った。

「ノヴァク夫人を食べたことを、後悔してますか？」

「していない」

リグネは即答した。

エリィを大切だと、失いたくないと言いつつも——。

「余はおのれに恥じる生き方はしていない」

それが、種族としての在り方なのだと。

「……そうですか」

エリィはゆっくりと頷いた。

分かっていた。分かっていたことだ。

これが種族を隔てる一線で、エリィが拒否感を感じる正体で。

「殺したら、食べなきゃダメなんですよね……？」

「あぁ」

「だったら」

だからこそ、エリィはその線を踏み越える。

「もう二度と、ヒトを殺さないで」

「！」

リグネの胸を叩き、泣きそうになりながら訴えた。

「人族だけじゃない。魔族も誰も殺さないで」

殺したら食べなければならないなら、殺さなければいい。

千年間争いを続けて来た魔王にエリィは子供じみた暴論を叩きつける。

「あなたの価値観を尊重します。古き魔族の掟なら許容しましょう。食べるのも仕方ない……と思います。だから、あなたもわたしの価値観を受け入れてください」

ごくりと唾を飲み、エリィは言い切った。

「それが、分かり合うってことでしょう？」

リグネは目を見開き、そっと息をついた。

「……そうだな」

背中に手を伸ばされ、こわごわと抱きしめられる。

「悪かった。余の価値観を押し付けた」

「……はい」

「もう二度と、誰も殺さない。だから、傍に居てくれるか」

「はい」

（あと二ヵ月半で、わたし自身は居なくなっちゃうけど）

これでディアナが間違っても殺されるようなことは無くなっただろうか。

人魔講和条約が維持され、もう二度とララのような悲劇は無くなるだろうか。

（ララちゃん……）

ララのことを思うと、エリィは涙がこみあげてくる。

瞼が熱くなって、ぐっと唇を噛みしめていないと、すぐに泣き出しそう。

そんなエリィをリグネはとても優しく抱きしめてくれて。

その温もりが、ララを失った悲しみをわずかに薄めていた。

「エリィ、実はな……」

その時だった。

ぶぉぉおん……!!　と、角笛の音が鳴り響いた。

魔都アングロジアまで響きわたる、それは宣戦布告の音。

『魔王軍に告げる！　我々は人族連合軍である！　今回、我らが姫ディアナ・エリス・ジグラッドが死亡したと報告を受け参上つかまつった！』

――来た。

『平和を望む人族の厚意を踏みにじった魔族は軽蔑に値する！　我らはこれを魔族による宣戦布告とみなし、これより、ディアナ姫の弔いのため、魔王城を攻撃する！』

ララが通じていた和平反対派の人族。

このまま放置しておけば魔族側の反対派も蜂起し、クーデターに発展する可能性も。

『再び両種族が戦争に至ったことに遺憾の意を表し、一時間後に攻撃を開始する。非戦闘員の避難はそれまでに済まされたし。以上である』

「……さて、困ったな」

リグネは顎を撫でた。

「現在、魔都には碌（ろく）な兵力がおらぬ。和平成立と共に魔王軍は四大魔侯の元へ帰ったからな。今、駐在しているのは千ほどだろうか。余が居れば問題ないと思っていたが」

困ったようにエリィを見て、彼は苦笑した。

「其方は誰も殺してはならぬという。そうだな?」

「当然です。殺したら食べるんでしょう」

「あぁ」

「なら殺さないでください。今度食べたら嫌いになります」

「……それも困る。かといって魔都を守れないのもな」

リグネからすれば理不尽な要求ではあるが、エリィとしては譲れない一線だ。

人と魔が分かり合うため――なんて大それたことは考えてないし、ただただエリィが嫌悪感を抱いてしまうだけの話だが……。

リグネには約束を守ろうとする意志は感じる。

だったら、これは自分の役目だ。

「リグネ様。私を運んでください」

パチパチと黄金色の目が瞬き、すぐに理解の色に染まる。

「そういうことか。確かにそれなら奴らも退くだろうが……難癖をつけられた場合は？」

「それも、任せてください。こう見えて演じるのは得意なので」

ララの死は絶対に無駄にしない。

どうせあと二ヵ月半だ。最後まで演じてみせよう。

身代わりのニセモノ姫として出来る、それがエリィの務めだから。

魔都アングロジア、城門。

蒼い荒野が広がる異界のただなかで、人族の軍勢は待機していた。

総勢一万を超える軍勢はこの時のために用意していた和平反対派の総戦力だ。

一人の老人が指揮を執り、地竜の上で双眼鏡を覗き込んでいる。

腰の曲がった痩軀で老いを一身に纏う男だが、その瞳だけは憎悪で生き生きしている。

（なかなか反応がないな。まぁこちらとしては好都合だが）

魔都の城壁では魔族兵が右往左往している様子はあるものの、こちらの宣言に対する返答が何もない。不気味なまでの沈黙に、部下がじれたように詰め寄った。

「ゼスタ・オーク侯。本当に魔王は出てこないのですか？」

「出てこない。奴は深手を負っているはずだ」

断言する。コードLは命令に忠実な奇兵だ。奴の心臓に埋め込まれた爆発チップが作動したことをこちらでも検知している。『王女』を殺した奴は、魔王と心中を図った。

そうするようにゼスタ・オーク自身が洗脳した。

（いくら魔王でも近距離からあの人型爆弾を喰らって動けるほどタフではあるまい）

竜族とて無敵ではない。

数多の英雄たちが竜を退治した英雄譚がそれを証明している。

（ふん。何が身代わりだ。影武者を送り込むくらいなら婚姻などしなければいいものを）

ぎぃ……と魔王城の門が開かれ、一匹のケンタウロスが出てくる。

かっぽかっぽと進んできたケンタウロスは魔王軍の叡智——アラガン・ダート。

「よくもまぁ、ここまで恥知らずな真似が出来たものですね、愚かな猿が」

「それは我らの言ったことを真実と認めるということか？」

ゼスタ・オークが問いかけると、アラガンは鼻を鳴らした。

「馬鹿な。事実無根です。王女は生きています」

「しらばっくれるな！　王女が死んだことは分かってるんだ！　王女が生きているというならここへ連れてこい!!」

「……そもそもなぜ王女が死んだと？」

「ここに証拠がある」

ゼスタ・オークは懐から録音装置を取り出した。

『来ないでっ!!』

悲痛な少女の声が響く。人族なら誰もが知るディアナ姫の声。

『わたしには……理解出来ません。理解、したくありません。ヒトを、食べるなんて』

誰かが息を呑んだ。また誰かは口元を押さえる。その光景をありありと想像できたから。

『分かり合えるかもって、思ってたのに』

決裂の言葉は人族の軍勢に戦意をもたらした。

まだ十代の少女が見た現実を、和平反対派は聖戦の灯として掲げる。

『リグネ様なんて――大嫌い！』

ブツ、ツー、ツー……。

録音装置から途絶えた音は、静かな荒野に一石を投じる。

「これが王女から送られてきた最後の音声だ」

「……盗聴ですか。傲慢な猿共は趣味も悪いと見えます」

「このあとに王女の生命反応が途絶えた。貴様らが殺したのだ!!」

ニィ、と老爺の口元が三日月形に歪んだ。

ゼスタ・オークの描いた筋書きはこうである。

まずコードLが魔族側の和平反対派と接触し、王女に毒を飲ませる。

致死性の猛毒に見えるが、コードLが解毒薬を飲ませれば一時的に動けるようになる。

そして魔王は王女を傷つけた者を絶対に許さない。必ず自分の手で殺して食うだろう。

その場面を王女に目撃させる。王女は魔王に忌避感を抱いて拒絶するから、その場面を録音して人族全土に流せばいい。

ゼスタ・オークが欲しかったのは、
①魔族に歩み寄ろうとしていた王女がヒトを喰らう魔王を拒絶すること。

②王女が魔族に暗殺された事実。

この二つが肝要だった。どちらが欠けても和平をダメにするには至らない。暗殺だけに成功したとしても、ジグラッド王はその事実を隠蔽しようとするだろうから。

ゼスタ・オークはちらりと背後を見やる。

兵士たちの陰に隠れてスピーカー型の録音装置を構える部下は頷いていた。

（今、このやり取りは全世界に流れている。王女暗殺の事実と、王女が魔族を拒絶した事実があれば、世界は和平の道から逸（そ）れ、再び戦争への道を歩み始める！）

その時、和平を進めていた王を弾劾（だんがい）し、引きずり下ろすのだ。

戦いこそが正義なのだと世界に示すことでゼスタ・オークは新たな王となる。

そのためには女子供の一匹や二匹、どうなろうが構うものか。

「……では、王女が生きていれば問題ないのですね？」

「ハッ、もちろんだとも。我々とて戦いを望んでいるわけではない」

（嘘（うそ）に決まっているだろう、馬鹿め！　儂（わし）がこの時をどれだけ待ち望んだと思ってる！）

内心で哄笑（こうしょう）するゼスタ・オークとは裏腹に、ケンタウロスは冷静に息を吐いた。

不意に空を見上げ、四つの足を地面に打ち付ける。恭しくお辞儀した。

「ならば、本人に証明してもらうとしましょう」

「なに……？」

「おーっほほほほほほほほほほ！」

「「「⁉」」」

ばさり、と。

何かがはためく音がその場を支配した。

ばさり、ばさりと、はためく音に被せて、高らかな笑い声が響いている。

（まさか……この声は……）

ちらりと空を見上げれば、夜空の闇よりもさらに濃い暗黒龍が浮かんでいる。

その威容に一切の翳りなく、天空を支配する超常種――。

「《古き牙》……魔王リグネ・ディル・ヴォザーク‼」

そして、その背中に乗っているのは。

「何やら面白いことをやっていますのね、皆さま？」

夜を彩る雪色の髪が白線のように揺れる。ぱっちりした浅葱色の瞳は大人になりきらない幼さを宿し、着流し風の袖口が風で翻った。器量よし、度胸あり、胸はちとご愛敬。

扇を閉じて顎に当てた悪女――エリィは嗤う。

「何やら私が死んだとかなんとか……この私、ディアナ・エリス・ジグラッドもぜひお話に交ぜてくれないかしら……ねぇ？　どうして私が死んだことになってるのかしら？」

（裏切ったのか、コードL……！　拾ってやった恩を忘れやがって……‼）

報告では死んだことになっていた王女はぴんぴんしているし、魔王には傷一つない。

このままでは、自分は戦争がしたいために魔族に難癖をつけた悪党になってしまう。

（いや……‼　まだだ。まだ手はある！）

「ニセモノだっ‼」

ゼスタ・オークはリグネの背中に乗る悪女を指差した。

「王女が死んだ事実を隠蔽しようと、魔族が用意したニセモノだ！　構わん！　撃て！」

エリィは浅葱色の瞳を猫のように細めた。

「あら、私がニセモノである証拠なんてどこにあるの？」

「しらばっくれるな、魔族め！　この音声が何よりの証拠！」

「音声というならそちらでいくらでも合成できますわよ？」

こてり、とエリィは首を傾げて見せる。

「それに考えてみれば不思議ですわ。あなた方が王女の死を生命感知器で知ったというなら、なぜこのタイミングでここまでの軍勢が現れるのかしら。あまりに都合がよすぎない？　まるであらかじめ王女が死ぬことを知っていたみたいじゃない」

「そ、それは」

「わざわざ録音装置まで用意して、何がしたかったのかしら……ねぇ？」

「ぐ……っ」

（こやつ、自分の優位が揺るがないと分かって……‼）

ここまで小賢（こざか）しい娘だっただろうか。

いや、あの王女ディアナの影武者だ。それくらいの賢さは持っていて当然。

「だ、だが！　この音声は本物ですぞ、ディアナ姫！」

ゼスタ・オークの窮した状況を見かねたのか、部下が叫んだ。

「ニセモノだと疑ったことは謝罪しよう。だが、あれはあなたと同じ声だ。あなたは魔族と人族の絶対なる隔絶に、嫌気がさしたのではないですか⁉」

「……確かに、私は一度魔王様を拒絶しました」

リグネは地上に降りると同時に、手を使ってエリィを優しく下ろした。

恐ろしき龍が見せる仕草は、兵士全員が呆気（あっけ）に取られるほど優しく、慈しみに溢れている。

たん、と王女が地上に降りた。

「ですが！　夫婦になるなら喧嘩（けんか）の一つや二つするでしょう。むしろまったく初対面の赤の他人と喧嘩をしないほうが不自然では？　私、そこまで大人しい女じゃなくってよ」

（ぐぐぐ……このニセモノ、まさかすべて計算ずくで……⁉）

ディアナ王女の男癖の悪さは有名な話だ。悪女として名を馳（は）せた彼女の勇名を使えば、確かに喧嘩の一つや二つ、いや三つ四つしてもおかしくないと思わせる説得力がある。

「あなたは夫婦喧嘩を盗み聞きした挙句、和平を台無しにするところだったのですよ。同じ人族として恥ずかしいわ。羞恥心をお母上のお腹に置いてきたのかしら」

「で、ですが、一度は嫌いになった相手を好きになるなど」

「ねぇ、ゼスタ・オーク侯爵」

エリィは地竜に乗る今回の黒幕に流し目を送り、口元を扇で覆い隠す。

「あなた、友達いないでしょう」

「⁉」

「いやだって、嫌いになった相手と仲直りするくらい、普通にありますし……ねぇ？」

ゼスタ・オークが咄嗟に兵士たちに視線を送ると、彼らはサッと目を逸らした。

触らぬ神に祟り（たたり）なしである。

しかし、その無言こそが何よりの肯定であることを示していた。

（こやつら～～～～～！）

「私と魔王様はいっぱい喧嘩しますけど、それはもうラブラブでしてよ！」

エリィはするりとリグネの龍顔にうっとりと頬をこすりつけて密着する。

何やら顔が真っ赤になっているが、その初心（うぶ）っぽさが兵士たちには好評のようで。

「なんか俺ら……邪魔じゃね？」

「普通に王女生きてるじゃん……誰だよ死んだって言ったの……」

和平反対派と言っても一枚岩ではない。魔族嫌いの者、戦争が無くなったら困る者、利益を追求する者、さまざまな者がいるし、末端の兵士には命令に従っているだけの者もいる。

エリィのラブラブアピールによって、もはや兵士たちの士気は削がれていた。

「てか二人とも嬉しそうなんだよな……魔王とか顔こすりつけてるし……」

「いいなぁ。俺も帰って嫁とイチャイチャしてぇよ……」

エリィはメイドとして培った観察眼を発揮し、リグネから離れた。

「そういうわけで、夫婦の時間を大切にしたいの。早く帰ってくれるかしら」

部下が苦し紛れに叫んだ。

「馬鹿な……あり得ない。異種族同士の婚姻など！」

（愚か者め。それは悪手だ……!!）

部下の苦し紛れの言い訳に舌打ちしたくなる。

案の定、エリィは毅然として胸を張った。

「歴史を見れば、異種族婚姻なんていくらでも例があるはず。確かに周りから反対されたり排斥されたりしているかもしれませんが……それでも知らないのは無知がすぎるのでは？　大体、この婚姻は連合軍代表のジグラッド国王との間に盟約として為されたもの。あなたたち……本当に連合軍の許可を受けてここにいるのかしら。どうなの？」

「それは……」

もはや作戦は失敗だった。

いや、このやり取りが世界に流されていることを考えれば、このあとどうなるかも分からない。素直にジグラッド王国に帰っていいのかも疑問だ。

「そもそも私は王女！　あなたたちは兵士！　先ほどからなんですか、その態度は！」

悪女らしく扇を開き、ビシィ!!　と兵士たちに付きつける。

「頭が高くてよ。跪きなさい!!」

「は、ははーーーーっ!!」

最前列に居た者たちが跪くと、兵士たちは次々と真似をする。

これから戦争をしようなどという空気はどこかに消えてしまった。

『うむ。これにて一件落着だな』

黒き龍が金色の炎に包まれ、人の姿になった魔王は言った。

「余は寛大である。其方らの王女を思う忠義に免じ、ここは見逃そう。幸いにも戦いは起きなかったわけだし……余の花嫁は、戦いを好まぬゆえな」

「そうです！　戦い、ダメ、絶対！」

「そういうわけだ。余は花嫁とイチャイチャする故、帰ってくれると助かる」

人型になったリグネがエリィの腰に腕を絡ませる。当の花嫁はかぁぁああ、と耳まで顔を真っ赤にして、口をもにょもにょさせながら俯いていた。

「リ、リグネ様……人前ですよ……」

「其方も先ほど余の顔をすりすりしていたであろう」

「アレは仲睦まじいのをアピールするためだし……これは違うっていうか……」

「ほう。何が違う？」

エリィはもじもじと髪をいじって、顔を背ける。

茹で上がったような横顔を覗かせながら、消え入りそうにつぶやいた。

「そういうのは……二人っきりの時に……」

「「「……」」」

胸やけがするほどの甘～～い空気である。

人族なら男のほうも顔を背けてしまうような初々しい空気だが、相手は人族ではない。

「エリィ……其方、可愛いな」

「ほえ？」

リグネがエリィの顎を摑み、誰もが見守る中、二人の影が重なる。

「～～～～～～～～っ!?」

それはほんの一瞬の触れ合いだったが、エリィは真っ赤になって飛び退いた。

唇に触れながら、「な、な、な」と口を半開きにしている。

「何をしているんですかぁ！　こ、こここ、公衆の面前でこんな……!!」

「許せ、其方が可愛すぎて、見せつけずにはいられなかった」

「だからって！　場所と状況を考えてくださいよ！　何千人いると思ってるんですか！」

「ざっと一万人ほどか？　余と其方の式にはもっと呼びたいな」

「一万人に初めてのちゅーを見られる妻の気持ちになってくださいよぉ！」

((初めてだったんだ……))

「もう！　もう！　リグネ様嫌い！　馬鹿！　あほ！　帰る！」

先ほどの毅然とした態度はどこへ行ったのか——エリィはずんずんと歩いて城門をくぐる。妻の機嫌を損ねた魔王はおろおろしながら後に続きながら顎に手を当てる。

「ヌゥ。女心は難しい」

((あんたのせいだよ!!))

人族全員の突っ込みが聞こえてくるかのようだった。

魔王城の城門が閉じられ、人族の軍勢は取り残された。

「…………帰るか」

こちらの正当性を示す音声はバカップルの大嫌い宣言に潰されたのである。

ゼスタ・オークの呟きに否やという者は誰もなかった。

なお、これを機に彼の求心力は急速に低下し、連合軍内で責任の所在を求められ、やがて生贄(いけにえ)として吊(つ)るされるのだが——それはもう少し、先の話だ。

エピローグ

「ディアナ王女様、万歳――!!」

「新たな魔女将（アミール）に祝福を！　魔族に栄光あれ――!!」

魔王城の城門をくぐるエリィに歓声が降り注ぐ。

魔族たちの声に応える余裕もなく、エリィは口元を押さえて歩いていた。

顔が真っ赤に茹（ゆ）で上（あ）がり、頭がくらくらして眩暈（めまい）がしてくる。

（ちゅ、ちゅーしちゃった……！　魔王様と、ちゅ……あう……）

先ほどの感触をまざまざと思い出し、エリィはこれ以上ないほど顔が熱くなる。

王女として登場して人族を退（ひ）かせる――ここまでがエリィの思い描いていた形だが、何をまかり間違ってちゅーをすることになってしまったのか。

（もうもうもう！　魔王様強引すぎるんだよ！　わたし初めてだったのに……!!）

しかも公衆の面前である。

一万人以上の前で初めてを奪われた乙女の羞恥を考えて欲しい。

（いやまぁ、確かに本物のご主人様なら経験はあるだろうけどさ……けどさ……！）

憤懣（ふんまん）やるかたない、けれども、不思議と嫌な気持ちにはなっていない。

お年頃の複雑な心は自分でも処理できないほど絡み合っていた。

（あう……わたしニセモノなのに……こんなの反則だよぉ……）

そんなことを考えていたからだろうか。

あ、とエリィは足元の小石に引っかかり、転びそうになった。

その瞬間――。

「おっと、大丈夫か？」

「ひゃうっ」

今一番聞きたくない声が聞こえてエリィは振り返る。肩を摑んでエリィの転倒を防いでくれたのは、エリィの初めてを奪った人外の龍――リグネだった。

「ま、魔王様っ」

「顔が赤いぞ。やはり無理していたか」

「え、いや、これは」

「ふむ」

リグネはエリィの髪をかきあげて、額を合わせてくる。

黄金色の瞳が閉じられ、整った顔貌が目の前に飛び込んできた。

（ち、ちか……っ!!）

「やはり熱い。毒の効果が残っているのかもしれん」

「ふぇ⁉　ち、違いますから、大丈夫ですから……」

「遠慮するな。どれ、余が運んでやろう。掴まるがよい」

（きゃぁあああ！　また！　この人は！　なんで軽率にお姫様抱っこするかなぁ！　お姫様抱っこは乙女の憧れなんだよ！　軽率に、するんじゃなぁあああい！）

と、そんな気持ちを叫べるはずがなく――。

「なんだ、恥ずかしいのか。其方は悪女だろう？」

「へ、平気に決まっていますわ。誰に言っていますの。そもそも気付くのが遅すぎるのです。もっと早く私の不調に気付き、助けの手を差し伸べるべきです！」

「分かった。ならば遠慮なく余の腕に抱かれるが良い」

（あぁあああああああああああああ！　墓穴掘ったぁ！）

もう羞恥が限界すぎて自分でも何を言っているのか分からない。余計なことを口走っていたらまたぞろ変な約束が生まれてしまいそうで、エリィは慌てて口を閉ざした。

魔王城の前庭は魔族たちでにぎわい、誰もがリグネとエリィに手を振っている。

仲睦まじく寄り添う二人は多くの人に希望の光と見えているようだった。

その功労者はもっと別にいるというのに。

（ララちゃん……）

黙っていると思い出してしまって、エリィは涙が滲んだ顔をリグネの胸に押し付けた。

メイド時代から夜会のたびに話していたララ。

彼女が護衛になってくれると聞いただけで心強さを感じて、一気に寂しさがまぎれた。

まだ二週間程度しか経(た)っていないけど、今までニセモノ姫を演じてこられたのはララの力が大きい。エリィはいつだって、精神的にララに支えてもらったのだ。

(これからどうしよう……)

今後はララ抜きにニセモノ姫を演じなければならない。

過ぎ行くだろう日々がララのいないことを見せ付けてくるようで目を逸(そ)らしたくなる。

「時に、エリィよ」

「ぐす……はい」

魔王城のエントランスホールで人が少なくなると、リグネが切り出した。

「其方に話さねばならんことがある。先ほどは話せなかったのだが」

「なんですか?」

「うむ、実はな」

「なんですかもったいぶって。早く言ってください」

(今度はどんな怖いこと言うの? また照れさせるつもり?)

エリィを照れさせることと怖がらせることには無類の実績を誇るリグネだから、もったいぶった言葉には身構えてしまうエリィ。頬を撫(な)でて来たリグネは黙って顎をしゃくる。

「なんですか。あっちに何が」

　エリィは固まった。

　危うく力が抜けて落ちそうになった。

「え」

　視界が滲んだエリィは瞼(まぶた)をこすった。

　数メルト離れたところに蒼髪(そうはつ)のメイドが立っていた。

　頭から二本の角が生えているし、なぜか細い尻尾もある。

　けれど、眠たげな瞳と感情のない無表情は、間違いなく――。

「ララ、ちゃん……？」

「エリィ」

　同じ声だ。頰をつねる。痛い。夢じゃない。じゃあ、あそこにいるのは。

「ララちゃん!!」

　リグネの腕から降りる。

　何度もつんのめって転びそうになりながらエリィは走った。

　ララの胸に飛び込み、ぺたぺたと頰や尻尾や角を触りまくる。

「え、え？　だって、あの時……この尻尾なに？　角？　ララちゃん人間だったよね？」

「エリィ演技忘れてる」

「それどころじゃないよぉ！」

小声で忠告してくれたのにエリィの混乱は極まる一方だ。

あの時、確かに死んでいたはずのララがなぜ生きているのか。確かに人間だった……少なくとも眼(め)以外は普通だったララに、なぜ尻尾が生えているのか。

「成功する確率は限りなく低かったのだがな」

リグネが隣まで歩いて来て、エリィの肩に手を置いた。

「ララが移植されていたのが竜眼であることが幸いであった。竜の魔力は不死の霊薬とも称されるほど、再生能力を促進させる力を持つ。英傑共が竜を狙うのはそれが理由だ」

「え、えっと、つまり？」

「竜の魔力を活性化させて蘇生(そせい)した。その過程で少々、人族から逸脱したが」

「少々ではない」

不満そうに呟(つぶや)き、ララは「でも」と続けた。

「おかげでまだ、エリィと居られる。感謝」

「うむ。感謝するがよい」

エリィはララとリグネを見比べた。

「じゃあ生きていられるんですか？　このあと時間制限が来て死ぬとかない？」

「あと三百年ほどで死ぬ。竜の寿命からすると短いが」

「十分長いよ！　やったー！　リグネ様ありがとう！　大好き！」

全身で喜びを表すようにララに抱き着くと、リグネは不満そうに言った。

「……抱き着くのは余でもいいのだぞ？」

「それは無理！」

「ヌゥ」

唸(うな)るリグネの背後からセナが現れて、物欲しそうにエリィを見つめる。

「我が主様(マスター)、我が主様(マスター)、わたしも入れてくださいませ」

「しょうがないなぁ～。今だけだよ？」

「はい！」

そういえば演技を忘れているなと思ったが、今はいいやとエリィは思った。

ララが生きてる。友達が動いてる。それだけで十分だった。

「王女様、この者はまだ万全ではありませんので……」

アラガンが遠慮がちに蹄(ひづめ)を鳴らして言った。

「あ、そ、そうなの。ごめん」

「いえ、本人がどうしても会いたいと言ったので。それに……」

ふっと、エリィを疑い続けて来たケンタウロスは微笑(ほほえ)む。

「我らが魔女将(アミール)のためです。魔都を救っていただきありがとうございます」

「……ごほん。別に構いませんわ」

自分を疑っているアラガンに話しかけられると、さすがに冷静になってきた。

咳払(せきばら)いしたエリィは悪女の顔で腕を組む。

「べ、別に。あなたたちのためにやったわけではないわ。ただ私の平穏のため！　この魔王城での快適な生活を守るためにやったことです。勘違いしないでくださるかしら！」

ただのツンデレである。

「そういうことにしておきましょう。それでは、ララ」

「ん。じゃあエリィ、また夜に」

「ええ、また。……セナ、ララについていてあげなさい」

「分かりました」

ぐいぐい来るセナを遠ざけると、リグネと二人きりになる。

「……さすがに疲れました。私、部屋で休んでもいいでしょうか」

「構わぬ。寝室と言えば、エリィ。一つ提案がある」

「はい、なんでしょうか」

私室に向かって階段を上がりながら、リグネが言った。

「うむ。そろそろ一緒の部屋で寝るのはどうかと思ってな」

「………………………はい？」

「勘違いするな。あくまで分かり合うためだ」

ぽかんとしたエリィにリグネは告げる。

「さすがにすぐ番になれというほど余も焦ってはいない。ただ、余と其方はまだまだ互いのことをよく知らぬ。だから、まずは寝室を一緒にして、共に寝るのはどうかと思ってな?」

「……それは」

「人族なら夫婦で寝るのは当然のことと聞いていたが……違ったか?」

リグネは手探りで言葉を投げているようだった。

確かにその通りだと思うし、夫婦の寝室は同じで当然だとは思うが。

(いいいいいい、一緒の布団⁉ それはさすがにアレなのでは⁉ 破廉恥なのでは⁉)

などと思ってしまうお年頃のエリィであった。

またたく間に顔が熱くなってしまい、どうにか回避できないかと考える。さすがに一緒の布団に入るのはまだ早い気がする。かといって、歩み寄ろうとしてくれているリグネを拒絶するのもなんだか違うような気がして。

「りゅ、竜の姿ならいいですよ」

「なに?」

「ですから、竜の姿ならば一緒に寝てもいいです。実のところ、私は人間の姿に化けたリグネ様より、ドラゴンの姿のほうが好きなのです。かっこいいですし」

「よし。ならそうしよう」

「へ」

「いや、余もこの姿になっているのは少々窮屈でな？　ずっと肩に力を入れているようなものなのだ。あのままでいいなら願ってもない話。急いで寝床を用意させよう」

「え、いや、えっと」

「大丈夫だ。其方を潰すようなことは絶対にせぬ」

（そういう問題じゃなくてですね⁉）

エリィとしてはあなたと一緒に寝たいけど寝られない事情があるということを伝えたかっただけで、いわば遠回しの断り言葉だったのだが、リグネにはまったく通じなかった。

（それどころか喜ばれるなんて……あう……やっぱり魔王様は分かんない……）

ともあれ竜の姿ならまだドキドキはしない、とエリィは思う。

ドラゴンの姿はかっこいいと思いこそすれ、そこまで怖いものではない。

（ノヴァク夫人を食べてる時は怖かったけど……）

思い出しそうになったエリィは慌てて嫌な想像を振り払い、

「そういえば……私とリグネ様が同じ閨（ねや）に入るのはアラガン様が許すでしょうか」

「ヌ。あぁ、とっくに認めていると思うぞ」

「……そうなのですか？」

「あぁ、先ほども感謝していただろう」

「それはそうですが」

「ケンタウロスは礼儀を重んじる。奴らが感謝すると言ったらそれは本当のことだ。一時はニセモノだと疑ったこともあったが、奴はとっくに認めているであろうな」

（……）

「まぁ、万が一、ニセモノだとしても関係ない。エリィはエリィだ」

「え」

螺旋階段の途中で止まったエリィはリグネを見上げた。

黒き竜の黄金色の瞳は透き通っていて、その目は優しく細められている。

「王女という身分など、どうでもいい。余はここに居るエリィを見初めた」

「それは、その」

（あ、やばい）

きゅん、心臓が高鳴った。

胸が締め付けられるように痛くなって、ドクンドクンと早鐘を打ち始める。

（今の、それは、ダメ）

ホンモノでもニセモノでもない、ただの自分が好き。

王女の身分とか関係なくて、自分だから優しくしてくれる――。

かぁぁあああ、と顔が熱くなった。

「あ、や、その……」

正直に言おう。

エリィはリグネのことが嫌いではない。

もちろん怖いところもあるし、種族の違いとして越えなければならない壁は山ほどあるものの、それを抜きにすれば、むしろ好ましいとすら思っている。

何より自分を大事にしてくれるところがいい。愛されているな、と感じる。

そんなリグネにありのままの自分を認められて、ときめかない乙女などいようか。

（もしかしたら……この人なら）

自分がニセモノだと打ち明けても、受け入れて――。

「まぁ、余以外はそう思わんだろうがな」

「へ？」

「さすがに和平の証と嫁いできた其方がニセモノだったと知れば、四大魔侯たちが黙ってはいまい。今すぐ殺して舐めた真似をした人族と徹底抗戦すべきだと言いかねん」

初めて会った時のアルゴダカールの恐ろしい姿を思い出し、エリィは冷や汗を流した。

「まぁ、其方がニセモノであるなどあり得ぬことだが」

リグネは愉快そうに笑った。

「エリィはエリィだ。そうだろう？」

「ソ、ソウデスネ……おほほ」

エリィは微笑みながら、内心で悲鳴を上げたい気分だった。


（あっぶなぁ～～～～～！　全部ぶっちゃけるところだったぁ～～～～！）


リグネから目を逸らし、エリィはぐるぐる目を回す。

（だ、大体ぶっちゃけてどうするのさ！　リグネ様のことはいい人だと思うし人としては好きだけど、わたし、身代わりだよ!?　ご主人様のことはどうするの！　人魔講和条約のために婚姻したのに、わたしがニセモノなら婚姻する理由がなくなるじゃん!!）

一瞬前までの自分は何かに酔っていたのだ、とエリィは自分を戒める。

ニセモノ姫としての本分を努々忘れるべからず。

そうでなくても貧民街生まれでメイドのエリィと魔王では身分差がすぎる。

種族の違いもあるし、エリィがリグネと結ばれることなんてありえない。

クック、とリグネが喉を鳴らした。

「……まこと、面白い女だ。ころころと表情が変わるな、エリィよ」

「そ、そうでしょうか……」

「うむ」

リグネは楽しそうに笑った。

「残るは三人だ。他の魔侯に選ばれるまで、気を抜くなよ？」

「も、もちろんですとも。私に掛かればお茶の子さいさいですわ」

「うむ。期待している」

鷹揚に頷かれてエリィは頬が引き攣るのを止められなかった。

アルゴダカールでさえ死にそうな思いをして認められたのに、他の魔侯を相手にしたらどうなるのだろう。すべてが終わるまでニセモノ姫がバレずにいられるだろうか。

まったく分からない。リグネとの関係も、その時自分がどうしたいのかも。

ただ分かることは一つだけ——これは、生き残りをかけた戦いということだ。

ご主人様のことは好きだけど、身代わりになって殺されてしまうなんて冗談じゃない。

まだまだ乙女としてやりたいことは山ほどあるのだ。

エリィは拳を握りながら、おのれを鼓舞する。


（これからも絶〜〜〜〜っ対、生き残ってやるんだから！）

——エリィの受難はまだまだ始まったばかりだ。

あとがき

初めまして。あるいはいつもありがとうございます、山夜(やまや)みいです。

突然ですが、私はここに戦争を起こしたいと思います。

皆さまもご存知、きのことたけのこのお菓子のことです。

——私は断然きのこ派です。きのこが至高、きのこしか勝たんッ!!

——全たけのこ派は私の敵だッ、かかってこいや————!

ふぅ……。もちろん冗談です。

決してたけのこ派の皆さまを貶(けな)したわけではありませんのであしからず。

むしろ私は子供の頃はたけのこ派で、きのこが好きではありませんでした。

やめてッ、裏切り者って石を投げないで!

たけのこのほうがチョコの量が多いような気がしたんだよ!

最近知ったんですが、実はきのこのほうがチョコは多いらしいです。

さて、このように小さなことを取っても断絶は簡単に起こります。

言語、環境、知識、人間関係、至るところに火種は転がっているのです。

今回ニセモノ姫として魔王と婚姻を結んだエリィは幸いにも和解に至りましたが、まだまだ断絶をもたらす火種は多いでしょう。出来ることなら、彼女の旅路に幸多からんことを祈ります。

ここで謝辞に移らせていただきます。

本作は漫画家さんである葉海(はかい)先生が見つけてくださったことから本に出来ました。

本作を見出してくださった葉海先生、ならびに編集部の皆さまに心から感謝を。

また、イラストレーターのカロクチトセ様、素敵なキャラデザをありがとうございます。

キャラデザが上がった時は震えました。イラストも美麗で臨場感があり、何回見ても飽きないくらい素敵です。私は特にエリィがお気に入りです。可愛すぎて悶えます。

次に担当のM様、今回も出版にあたり力を尽くしてくださりありがとうございました。

そしてなにより、本作を購入してここまで読んでいただいた読者の皆様。

作家という生き物は皆様の応援があるから生きていられます。ありがとうございます。

出来るなら共にエリィの旅路の続きを見られれば幸いです。

最後に宣伝をさせてください。

実は、本作は既に葉海先生のコミカライズが連載しております‼

講談社Palcy様で連載中のため、ぜひご覧いただければ嬉しいです。

小説もいいですが、漫画で見られるエリィたちは一層素敵ですよ！　ぜひぜひ！

それではまた。お読みいただきありがとうございました。

山夜みい

Kラノベブックスf

魔王城のニセモノ姫
～主人の身代わりに嫁いだ給仕係が処刑回避を目指して必死になったら魔王様に勘違いされて溺愛される件～

山夜みい

2024年3月29日第1刷発行

発行者	森田浩章
発行所	株式会社 講談社 〒112-8001　東京都文京区音羽2-12-21
電　話	出版　(03)5395-3715 販売　(03)5395-3605 業務　(03)5395-3603
デザイン	AFTERGLOW
本文データ制作	講談社デジタル製作
印刷所	株式会社ＫＰＳプロダクツ
製本所	株式会社フォーネット社

KODANSHA

ISBN978-4-06-535187-1　N.D.C.913　301p　19cm
定価はカバーに表示してあります

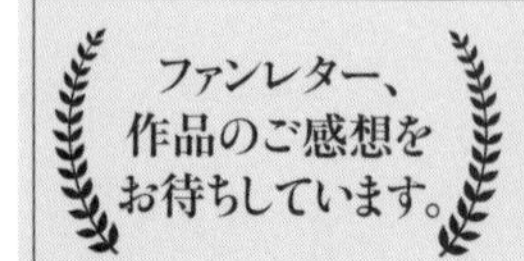

あて先
〒112-8001　東京都文京区音羽2-12-21
(株) 講談社　ライトノベル出版部 気付
「山夜みい先生」係
「カロクチトセ先生」係